Albrecht Göstemeyer

KREUZBERGER RATTEN
ROMAN AUS BERLIN

Albrecht Göstemeyer

KREUZBERGER RATTEN

ROMAN AUS BERLIN

Bibliografische Information der deutschen Nationalbibliothek:
Die Deutsche Nationalbibliothek verzeichnet diese Publikation in
der Deutschen Nationalbibliografie; detaillierte bibliografische
Daten sind im Internet über dnb.dnb.de abrufbar.

Verlag: BoD · Books on Demand GmbH,
In de Tarpen 42, 22848 Norderstedt
Druck: Libri Plureos GmbH, Friedensallee 273,
22763 Hamburg
ISBN: 978-3-7597-8440-7

Wenn man der Hässlichkeit einen Namen geben würde, hieße er Kreuzberg, dachte Norbert. Wirft gleich zwei Fragen auf: wer ist „Man" und was ist „Hässlichkeit"? „Man" ist überall und doch irgendwie eine irre Figur. Weder männlich noch weiblich, deswegen absolut gendergerecht. Könnte also durchaus gleichgeschlechtlich heiraten, tut Man aber normalerweise nicht. Vielleicht liegt es daran, dass Man von einem historischen Mantel der Spießigkeit umgeben ist, der sie oder ihn schützt, vor allen Vorwürfen, den Behörden, den Politikern, den Kirchen und den Medien. Voller Aufmerksamkeit sehen sie sich das an, was Man tut oder was Man will.

Man hat auch nie was Falsches getan und sich – vor allen Dingen – noch nie schuldig gemacht. Man hat alles wohlwollend mitgemacht, nie die Nazis oder die Kommunisten unterstützt, nie das Finanzamt beschissen und ist alle Jahre zur Wahl gegangen. In der Ehe verhält Man sich vorbildlich, betrügt die Partnerin beziehungsweise den Partner nicht und verprügelt seine Kinder nicht oder verprügelt sie doch, je nach dem Zeitgeist.

Die größte Stärke von Man ist immer sein korrektes Verhalten, angefangen vom Verhalten auf ländlichen Schützenfesten über Familienfeiern bis hin zu Adel oder Politik: stets ist bestimmt, was Man isst, was Man trägt oder wie Man sich zeigt. Ab einer gewissen Stufe trägt Man pinguingleiches Outfit, Mann Anzug und die frauenhafte Version Kostüm mit Feinstrumpfhose oder Hosenanzug. Unverzichtbar das farbige Accessoire Krawatte oder Schal, welches ursprünglich wohl einen Hauch von Individualität verleihen sollte und in Man-gemäßer Weise eher gehorsame Konformität verspricht. Konformität war eigentlich immer die geheime Sehnsucht von Man. Merkwürdigerweise ist das sogar global, wenn Man nicht gerade Araber ist und Nachthemden und Turban bevorzugt. Im Orient lebt Man eben anders. Norbert Renner ließ seine Gedanken sich kreuzen und zur Einigkeit finden. Sie kamen zum Entschluss. Man, du bist ein elender Heuchler. Wohl eher ein Blödman. Ein Oberblödman. Er zertritt dir deine Seele. Man würde nie sowas sagen, vielleicht aus Höflichkeit oder schlechtem Gewissen. Mein Freund bist du nicht.

Mit der Hässlichkeit verhält es sich anders. Lass sie uns genießen, sie ist kreativ. Sie ist der Feind des Vollkommenen, und das macht sie sympathisch. Stets ist sie von Schönheit umgeben und deswegen ist sie schön, denn pure Hässlichkeit gibt es nicht. Sonst wäre es keine Hässlichkeit. Das allein Schöne, Vollkommene, ist überaus langweilig.

Norbert Renner konnte sich an eine ehemalige Freundin erinnern, die so hübsch war, als wäre sie einem Hochglanzmagazin entsprungen. Nichts war im Gesamtbild da, was ihn spontan hätte antörnen können, ihr Gesicht war makellos, ihre Figur von weiblicher Schlankheit, die Haare üppig, blond und glatt, die Brüste halbkugelig und stramm, die Beine schlank und rasiert. Er hatte sie in einem Café in der Uhlandstraße kennengelernt, sie schien ihn zu mögen und es schmeichelte ihm, so verabredete er sich mit ihr.

Eines der anschließenden Dates fand auf einer Geburtstagsfeier eines Freundes statt; in vollen Zügen genoss er die neidischen Blicke der anwesenden Männer. Dann lud er sie zu einem Konzert von Eric Clapton ein, in die Arena an der Spree genau gegenüber seiner Wohnung, wie hieß die denn damals? O2 oder so, die Arena ist mit ihrem Namen nie einverstanden, denn sie wechselt ihn ständig, muss wohl eine Krankheit von Arenen sein. Annabella – welch passender Name – mochte Clapton und als dieser „Tears In Heaven" spielte, bekam sie feuchte Augen und rückte an Norbert heran. Der kurze Rückweg über die Oberbaumbrücke führte beide in seine Wohnung und nun schien Vollzug angesagt, er hatte alles eingefädelt, mit größter Sorgfalt. Bloß, es ging erst einmal schief. Nichts war da, kein geiles Begehren, keine Passion, Organversagen. Zum Schluss klappte es doch noch.

Denn als sie nackt auf dem Bett lag, entdeckte er einen Pickel auf ihrem Po und sofort regte es sich, konnte er sich erinnern.

Kreuzberg hat viele Pickel. Einige davon sind liebenswert.

Zum einen seine Bewohner. Früher waren es missmutige Berliner Rentner, jetzt waren sie das, was man Multikulti nennt, Deutsche, Türken, Polen, Russen, Araber, Amerikaner, Österreicher, Schweden, Japaner, Briten und Brasilianer. Sie leben von Arbeit, Nichtstun, Schummelei, Künstlergagen, Beamtengehalt, Prostitution, Eltern, Verwandten, Ladeneinkünften, Drogenhandel, Reichtum, Armut und Sozialhilfe. Also sind sie alle glücklich, jedenfalls meistens.

Pickelig ist auch das Angesicht von Kreuzberg, natürlich hat es reichlich Pickel, anders als der solitäre Pickel auf dem Annabellenpo, der von Makellosigkeit umgeben war.

Das fiel ihm ein, als er von der Arbeit kam und einen abendlichen Spaziergang durch Kreuzberg machte, wie häufig. Zu seinem Leidwesen konnte er nicht an der Spree entlanglaufen, weil ihr Ufer fast immer durch private Grundstücke zugesperrt ist, was gleich einen Pickelpunkt für Kreuzberg ergibt. Dass es in Kreuzberg entlang der Spree keinen Promenadenweg gibt, ist ein Berliner Kuriosum. Es war der damaligen Grenzsituation geschuldet und da die Spree in voller Breite zum Osten gehörte, hätte der Berliner Senat damals einen solchen Weg zur Spree absperren müssen, ebenfalls mit Mauer oder Draht. Es ist am Gröbenufer, dort, wo er wohnte, vorgekommen, dass Kinder in die Spree gefallen sind und ertranken. Also hieß es, eine zweite Grenze gegenüber der verhassten Grenze zu bauen, und das wollte niemand.

So kam es, dass die Spree von der nächstgelegenen Köpenicker Straße aus nicht erreichbar ist und von schäbigen Hinter- oder Fabrikhöfen begrenzt wird, auf denen Eisenteile und Bauschrott herumliegen.

Norbert hatte in Wilmersdorf die U-Bahn bestiegen, die in der Nähe des Potsdamer Platzes aus dem Boden kriecht und zur Hochbahn mutiert. Sie ist eine historische Strecke, mehr als hundert Jahre alt und führte ihn zur Station Görlitzer Bahnhof, in einen altertümlichen Glaskasten. Er stieg aus und schaute dem rollenden, donnernden Zug nach. Dann mischte er sich in den eiligen Menschenstrom, der sich über eine Treppe in die Skalitzer Straße entleerte, jeder auf seine Art: die Kinder hüpfend und springend, die Erwachsenen mürrisch und hastend, die Alten mühselig und langsam, auf den Stock und an das Geländer sich stützend.

Es war feucht und windig, Kreuzberger Wetter. Norbert fröstelte und zog seinen Schal fester, als er an der Skalitzer Straße entlangging. Hier war es noch hell, dafür sorgte die Straßenbeleuchtung. In den Nebenstraßen hatte man sie reduziert und es galt, aufzupassen, nicht in hündische Kotgranaten zu treten. Ein Schwaden von Geruch nach Fett und Knoblauch streifte ihn; er kam aus der halb geöffneten Tür eines sudanesischen Imbisses.

Überall blinkten Lichter aus Ladenfenstern, manche waren eingetrübt mit Staub. Lichtreklame, Plakate, Ladenschilder wanderten vorbei, eine Kreuzberger Miniwelt aus Kneipen, Imbissen, Friseuren, Nagelstudios, Secondhandshops, türkischen Bäckern, Läden für Kinderspielzeug, Spätkaufs, Cafés und Restaurants. Die Kneipen und Restaurants konnte man allein dadurch orten, indem man über die Bordsteinkanten guckte; Berge von Zigarettenkippen zeigten ihre Nähe an. Ihre Küchen boten preiswertes Essen; türkisch, arabisch, italienisch, spanisch, vietnamesisch, chinesisch, selten deutsch. Kreuzberg schien pausenlos zu essen. Trotzdem sah man nur wenige dicke Leute.

Norbert schaute nach oben. Fast alle Hausfassaden waren beschmiert. Als Graffiti war das nicht zu bezeichnen. Es wäre so etwas wie der Vergleich des Bildes eines Schulkindes mit einem Rembrandt.

Am Lausitzer Platz bog er nach links ab und erblickte auf dem Rasen die Emmauskirche, aus roten Ziegeln erbaut, wie eine Glucke über dem Häusermeer thronend.

Ein Kind spielte auf dem Rasen, ein Mädchen, etwa acht Jahre alt, gut gekleidet. Es hatte einen Ball bei sich, ließ ihn ticken, fing ihn auf. Dann warf sie ihn weg und lief hinterher, um zu sehen, wer schneller war, sie oder der Ball. Was machen Kinder um diese Zeit noch auf der Straße, dachte Norbert und schaute auf seine Uhr. Ach so, wir haben ja Herbst und um diese Zeit ist es schon dunkel.

Der Ball rollte vor seine Füße. Er hob ihn auf und warf ihn dem Mädchen zu. Sie fing ihn auf und schaute ihn an. Aber sie lächelte ihm nicht zu.

Norbert ging weiter. Er umrundete den Lausitzer Platz und verließ ihn, als er die Eisenbahnstraße erreichte. Weitere kleine Kneipen und Geschäfte erschienen, die Menge geschäftiger Menschen nahm zu und verdichtete sich, je weiter er die Straße entlang ging. Nachdem er die Muskauer Straße überquert hatte, kam er zur Markthalle 9. Sie lag vor ihm wie ein wilhelminisches Landschloss mit Säulen, Stuck und Sprossenfenstern und schien aus der Zeit gefallen zu sein, doch hierhin passte sie. Er ordnete sich ein in den Menschenstrom, welcher zum Eingang strebte.

Innen eröffnete sich eine neue Welt aus Läden und Ständen. Gemüse und Obst wechselten ab mit Brot, Backwaren, Fleisch und Fisch, Kunstgewerbe und Haushaltswaren. Ausgefallenes gab es auch: eine Weinhandlung namens „Suff", ein Laden mit japanischen Spezialitäten, selbstgebrautes Bier und eine Bio-Fleischerei, dazu die üblichen Verkaufsstände mit Delikatessen aus dem Mittelmeerraum und dem Orient. Über allem wölbte sich ein alter Dachhimmel mit verglasten Fenstern zwischen Eisenrahmen und einem Stützwerk von Balken, der den Lärm auffing, der überall erschallte und von den Ziegelwänden reflektiert wurde. Und wieder Essen: einfache Tische mit Bänken gruppierten sich längs der Stände, die Menschen saßen dicht aneinander vor ihren Tellern mit Suppen, Nudeln, Pizza, Döner oder Austern und tranken Wein und Bier.

Kreuzberg ist verfressen, dachte Norbert wieder.

Er kaufte einen Kanten irischen Käse und eine Packung japanischen Tee und verließ die Markthalle.

Kurz hinter ihr wandelte sich das Straßenbild. Läden und Kneipen verschwanden und machten gesitteter Kreuzberger Wohnkultur Platz, sofern Kreuzberg gesittet sein kann. Die Sittsamkeit entspross offensichtlich dem Niedergang durch Kriegsbombardierung; die Altbauten vereinzelten sich, Beton erschien in Form von balkongepflasterten Neubauten, deren Stockwerke andere Häuser überragten, dazwischen Baulücken mit Grünflächen. Eine Entschuldigungsarchitektur, nicht geeignet für die Kreuzberger Merkmale kreative Unrast und wohltuende Aufmüpfigkeit, deren Aufblühen Menschen voraussetzt, die sich in unordentlichen Altbauten wohlfühlen.

Norbert bog nach rechts in die Köpenicker Straße ab.

Die Sittsamkeit verlor sich, der Wohncharakter auch, alles wich lärmendem Durchgangsverkehr, der aggressiv und pfeilgerade durchschoss, weder nach links noch nach rechts schauend. Ein paar vereinzelte Altbauten mit ihren unglücklichen Bewohnern säumten; sonst war zunehmend Kriegsverwundung zu spüren, viele leere Grundstücke, unbebaute oder vernachlässigte Flächen, nicht das gewohnte Kreuzberg. Ein weiterer Pickelpunkt. Er sah zu, dass er schnell weiterkam.

In der Nähe des Schlesischen Tores erschien wieder geschlossene Altbebauung und ließ Norbert durchatmen. Die Räume eines türkischen Boxvereins gesellten sich zu Spätis, kleinen Gemüsegeschäften, einer Bäckerei und Kneipen. Vor der U-Bahnstation verdichtete sich stauend der Straßenverkehr, quoll über und machte es für Fußgänger schwierig, die Straße zu überqueren. Unterhalb der Bahnstation stand eine Menschenschlange vor einem Imbiss, der für frisch gemachte Burger bekannt war; es roch appetitlich, Kontrapunkt zu der Tatsache, dass sich vordem in dieser Örtlichkeit eine

11

Toilette befand. Auf der anderen Seite der Straße las man über der Tür eines Eckhauses: „Schlesisches Eck". Sie war seine Stammkneipe, denn er konnte sie in wenigen Minuten von seiner Wohnung aus erreichen. Er ging hinein.

Eine Mischung aus Menschenstimmen und Punkrock empfing sein Ohr, ein beizender Qualm aus Tabakschwaden seine Augen und dessen Vermischung mit Bier- und Schnapsdunst seine Nase. Die Kneipe war voll, wie meistens. Norbert hängte seinen Mantel auf einen überfüllten Haken.

Um eine eckförmige Theke drängten sich auf Barhockern die Gäste. Auch die beiden Gasträume, nicht groß, waren eckig angeordnet. An sämtlichen Wänden klebten Plakate, meist von alten Rockkonzerten; manche hatte man mit neuen Ankündigungen überklebt. Auf den wenigen freien Flächen wetteiferten Kritzeleien mit Graffiti um den Platz. Neben dem Zigarettenautomaten am Eingang stand ein Regal mit Flyern, ein Teil von ihnen war heruntergefallen und verstreute sich auf dem Fußboden, dessen speckige schwarze Oberfläche offensichtlich einen Teil der Kippen aufnahm, der nicht mehr in die überquellenden Aschenbecher der Gäste gepasst hatte.

Mit seinen zweiunddreißig Jahren gehörte Norbert bereits zu den älteren Gästen, doch er war bekannt und wurde mehrfach begrüßt. Der Wirt hieß Meinolf, war hager, groß und bartlos, hatte lange zusammengebundene Haare, schaute ihn fragend an und hob zwei Finger. Als Norbert nickte, ließ er Bier in ein hohes Bierglas laufen, nahm eine Flasche Wodka aus der Kühlung und schenkte in ein Schnapsglas ein. Alles geschah ohne Worte. Norbert nahm seine Getränke von der Theke und ging zu einem kleinen runden Tisch in der Ecke. Hier saßen zwei Frauen. Eine kannte er, es war Milla.

Milla war Stammgast, so wie er. Was sie tagsüber trieb und wo sie wohnte, wusste keiner so genau; wenn sie davon sprach – was selten vorkam – redete sie von einem Bürojob, der irgendetwas mit Digitalisierung und Wirtschaft zu tun haben musste. Sie kam aus Sachsen, hatte ihren Akzent noch nicht gänzlich abgelegt und hieß eigentlich Mathilde, seltener weiblicher Vorname aus den östlichen Landesteilen, in denen man offensichtlich Namen wie Doreen, Mandy oder Chantal bevorzugte. Ihr knallrot gefärbtes Haar, kurz geschnitten, lag ihr wie eine Manschette um den Kopf. Sie hatte einen ansehnlichen vollschlanken Körper und trug meist Jeans und einen enganliegenden dünnen Pullover, der ihre molligen Brüste betonte, heute in rot.

Norbert liebte die ungezwungene Geselligkeit mit ihr; je besser er sie kannte, desto mehr kam sie ihm geradezu heimatlich vor, eine Eigenart der Kommunikation, wie sie nur Stammkneipen erzeugen können. Einen festen Lover schien sie nicht zu haben, war aber durchaus einem kleinen Abenteuer zugeneigt. Einmal hatte es sich bei ihnen beiden so ergeben, es war angenehm und durchaus befriedigend für ihn gewesen – hoffentlich auch für Milla – dachte er, von der Sorte wohltuender Gemütlichkeit, die er manchmal schätzte. Milla wurde zu ihrer Verwunderung häufig von Frauen angebaggert, wahrscheinlich musste sie irgendein lesbisches Schönheitsideal verkörpern, vermutete sie.

Die Frau neben ihr kannte Norbert nicht. Etwas kleiner als Milla, dabei schlank, fast dünn, trug sie löcherige Jeans und ein khakifarbenes T-Shirt. Ihr Gesicht gefiel ihm, ihre Augen wirkten irgendwie zart und so spürte er in ihren Zügen eine gewisse Kindlichkeit, überhaupt nicht zu ihrem

Aufzug passend. Zum Unpassenden trugen in erster Linie die Dreadlocks bei, mit denen sie ihre Haare vergewaltigt hatte. Sie fielen ihr lang um die Schultern und zeigten dunkelblonde, spiralige Mattigkeit, manchmal von blonden Strähnen durchsetzt, als fände hier ein Kampf zwischen Auffälligkeit und Gefälligkeit statt.

„Das ist Norbert Renner", sagte Milla zu ihr, sich dann zu Norbert wendend, „und das ist Katharina."

Norbert vermeinte, in diesem Moment in Katharinas Augen ein kleines Aufblitzen zu spüren. Er holte aus der Ecke einen Stuhl und wollte sich neben Milla setzen, die sofort seinen Stuhl fasste und ihn zwischen Katharina und sich schob. Norbert stellt das Bierglas und das Schnapsglas auf den Tisch und stellte fest, dass beide Frauen das gleiche tranken wie er; merkwürdig für Milla, denn meistens trank sie hier Wein, badischen Grauburgunder, einzige Sorte, die der Wirt auf Vorrat hielt und der ganz leidlich schmeckte. Sein Aufzug – schwarze Hose, weißes Hemd – musste zwischen diesen beiden Frauen etwas einfallslos und deplatziert wirken, kam es Norbert in den Sinn. Doch er kam gerade aus seinem Geschäft und hatte wie immer keine Lust gehabt, sich umzuziehen. Hier im „Schlesischen Eck" wusste man das.

„Katharina kommt wie du aus Franken", sagte Milla und zündete sich eine Zigarette an.

„Und wie hat es dich hierhin verschlagen?", fragte Norbert.

„Ich bin da aufgewachsen, wie es dir schon Milla gesagt hat, und habe Weinbau in Gießen und Geisenheim studiert. Vor vierzehn Tagen habe ich mein Studium beendet. Warst du schon einmal in Gießen?"

Norbert schüttelte den Kopf.

„Das lass man auch bleiben. Gießen hat so einen speziellen Charme, der Winkehändchen erzeugt und Abschiede leicht macht. Im Moment möchte ich so etwas wie Leben kennenlernen, Kreuzberg scheint mir dafür eher geeignet zu sein."

„Ich komme aus Ochsenfurt. Man sagt, von da gehen sogar die Ochsen fort", Norbert lachte, „im Ernst, ich tue der Stadt unrecht, sie ist eigentlich ganz hübsch, mit Stadtmauer und so. Bloß, sonst ist nichts los und das Leben lernst du da auch nicht kennen, jedenfalls nicht so, wie du es willst." Milla unterbrach.

„Ihr unterhaltet euch von einem hohen Ross herunter, das merkt ihr noch nicht mal. Ich, das heißt wir alle, konnten uns in der DDR noch nicht einmal aussuchen, wo wir wohnen wollten. Es war auch letztlich egal. Es war ein Plätscherleben, keine Höhepunkte, vielleicht mal ein Rockkonzert oder ein Besäufnis. Es war eine Gartenfetengesellschaft. Prost."

Sie stießen an und tranken die Schnapsgläser leer.

Das wird wohl so ein üblicher Kreuzberger Abend mit Versacken werden, dachte Norbert. Irgendwie schienen alle entweder die Nase von irgendetwas voll zu haben oder sie suhlten sich in Euphorie oder es war ein Mittelding von beiden. Letzteres wäre typisch kreuzbergisch.

„Und was machst du hier?", fragte Katharina. Norbert lehnte sich zurück und zog die Schultern nach hinten.

„Kurze und knappe Antwort: ich lebe." Milla ergänzte.

„Er hat ein Geschäft."

„Und was kauft man da?"

„Feinkost", sagte Norbert. Katharina war immer noch nicht zufrieden.

„Was für eine Feinkost? Hier in Kreuzberg?"

Norbert merkte, wie sein Wohlbefinden abnahm.

„Schrauben und Nägel. Direkt am Kurfürstendamm." Milla lachte schallend und trank ihr Bier aus.

„Er kann es nicht haben, wenn er hier in der Kneipe an seinen Beruf erinnert wird. Mir geht es übrigens ähnlich."

Norbert drehte sich jetzt zu Katharina und rückte an sie heran.

„Im Ernst, Milla hat recht. Ich arbeite in Wilmersdorf und wohne in Kreuzberg. Übrigens nicht weit von hier. Dass man in Kreuzberg nicht gleichzeitig wohnt und arbeitet, ist fast der Normalzustand."

Er nahm jetzt Katharinas Geruch wahr. Er wirkte herb und anregend auf ihn; wohl deshalb, weil er wegen ihrer Dreadlocks eher eine Geruchsnote nach staubiger Schmuddeligkeit erwartet hätte.

Der Wirt schaute zu ihrem Tisch herüber und hob fragend seine Augenbrauen. Norbert zückte Zeige- und Mittelfinger, hob und senkte sie dreimal. Der Wirt nickte. Nach einer Weile stand Norbert auf, ging zur Theke und holte ein Tablett mit Bier- und Schnapsgläsern. Sie tranken weiter. Milla zündete sich eine Zigarette an. Katharina ließ nicht locker.

„Wohnst du allein?" Eine Vorlage für Norbert, genüsslich zu provozieren.

„Du meinst, ob ich Single bin?"

„Das hab ich dich nicht gefragt."

„Aber gemeint. Also ja. Mach dir trotzdem keine Hoffnungen." Katharina reagierte zornig, wahrscheinlich ist sie beleidigt oder fühlt sich ertappt, dachte Norbert.

„Bilde dir bloß nichts ein!", zischte sie. Bingo.

Milla amüsierte sich. „Über meinen wohnsexuellen Beziehungsstatus hat mir Katharina vorhin auch schon ein paar Fragen gestellt, Entschuldigung, Katharina, das waren keine richtigen Kreuzberger Fragen."

„Und was hast du geantwortet?", fragte Norbert.

„Mal so, mal so." Sie lachten jetzt zusammen und stießen an.

Es ging weiter, mit Bier und Wodka. Irgendwann wurde Norbert hungrig.

„Ich habe heute Abend noch nichts gegessen. Kommt ihr mit zum Burger gegenüber? Es ist schon elf. Die Warteschlange dürfte sich verkürzt haben." Milla stand auf.

„Muss nach Hause. Morgen geht es früh los." Sie klopfte auf den Tisch, holte einen plüschigen roten Mantel, zu ihren Haaren passend, vom Haken und ging. Katharina und Norbert standen auf und verließen die Kneipe.

Beim Burgerladen war nicht mehr viel Andrang. Sie mussten nur ein paar Minuten warten, dann waren die Burger fertig. Norbert nahm sie und brachte sie zu einem runden Stehtisch. Katharina fror und sagte es Norbert.

„Können wir die Burger nicht in der Kneipe essen?"

„Hat der Wirt nicht so gern. Er hat wohl Angst, dass dann die ganzen Burgeresser zu ihm hineingehen und seine Kneipe verdrecken. Moment mal."

Er ging zurück, holte seinen Mantel und zog ihn Katharina über die Schultern. Sie aßen, während über ihnen die U-Bahnzüge hinweg pfiffen und dröhnten. Norbert fiel eine Tomatenscheibe aus dem Burger, segelte auf das Pflaster und gesellte sich zu den Brötchen- und Gemüseresten anderer.

Als sie mit den Burgern fertig waren, gingen sie wieder in die Kneipe. Ihr Tisch war jetzt besetzt, doch an der Theke gab es noch zwei freie Plätze. Sie setzten sich. Norbert kannte seinen Platznachbarn und begrüßte ihn.

„´n Abend, Till!"

„´n Abend, Norbert!"

Till war nicht sehr groß, doch ein voluminöser Kopf saß auf einem schmächtigen Körper. Das Volumen gewann er durch eine üppige schwarze Haarpracht, mit grauen Strähnen durchsetzt, die als Bart sein Kinn umrahmte und als lockige Matte sein Haupt zierte. Eine kleine spitze Nase und zwei listige Augen, garniert mit einer runden Brille, schauten heraus.

„Till ist Künstler, spezialisiert auf Acrybilder", sagte Norbert zu Katharina. Till schaute Katharina prüfend an. Dann wandte er sich an den Wirt.

„Machste drei kleine Braune, Meinolf?" Der Wirt nickte. Kurz darauf standen drei Schnapsgläser mit Jägermeister vor ihnen.

„Cheers, habe gerade was verkauft!" Sie stießen an. Norbert bestellte anschließend drei Bier. Der Vorgang wiederholte sich mehrfach. Über eine Stunde ging es so weiter. Zwischendurch hielt Till einen Monolog über Kunst und Können, sein persönliches Können im Besonderen. Er versäumte es niemals, ihn einer neuen Bekanntschaft vorzutragen, diesmal Katharina; sie hörte interessiert zu, während Norbert, der den Vortrag kannte, schwieg. Von einem Moment auf den anderen sprang Till auf, verabschiedete sich kurz und verließ das „Schlesische Eck."

Katharina schaute Norbert fragend an. Er schmunzelte.

„Till ist ein besonderer Mensch. Ein lebt und liebt sein Künstlertum, das ihn gerade so über die Runden bringt. Wenn er was verkauft hat, besäuft er sich aus Freude. Hat er nichts verkauft, besäuft er sich aus Frust. Also besäuft er sich fast immer. Till ist übrigens sein Künstlername. Eigentlich heißt er Manfred."

Mittlerweile war es in der Kneipe etwas leerer geworden. Als Katharina ein Bedürfnis verspürte, rutschte sie von ihrem Barhocker, um zur Toilette zu gehen. Ihr wurde sofort schwindlig und sie musste sich an der Tresenkante festhalten. Norbert sah sie skeptisch an.

„Wird wohl langsam Zeit, dass wir uns auf den Heimweg machen?"

Die Toilettenräume waren ebenso wie das Lokal mit Plakaten und Zetteln vollgeklebt. Der Boden starrte von Schmutz und Zigarettenkippen. Vor dem Waschbecken lagen zerknüllte Papierhandtücher. Als Katharina die Toilettenschüssel sah, ergriff sie Unbehagen. Sie riss zwei Streifen Toilettenpapier ab und legte sie über die Klobrille. Als sie zurückging, merkte sie, dass sie schwankte.

Vor ihren Plätzen standen zwei gefüllte Biergläser. Der Wirt zeigte auf sie und lächelte.

„Scheidebecher!" Norbert hatte bereits gezahlt. Katharina schaffte es nicht mehr, ihr Glas leer zu trinken. Norbert schaute prüfend zu ihr hin.

„Wenn du dein Glas nicht mehr schaffst, wirst du es wahrscheinlich auch nicht mehr nach Hause schaffen. Wo wohnst du?"

„Oppelner Straße." „Die Oppelner Straße ist lang."

Welche Nummer?" „Weiß ich nicht. Ich wohne da nur vorübergehend."

„Wie lange hast du für den Hinweg gebraucht?" „Eine Viertelstunde."

„Das wird nicht mehr klappen. Ich mache dir einen Vorschlag, Katharina. Du kannst bei mir schlafen, ich habe Platz. Es sind nur zwei Minuten Weg und ich passe auf dich auf."

Katharina nickte. Sie stiegen von ihren Hockern, zogen ihre Mäntel an und verließen die Kneipe.

Draußen war es windig. Katharina flogen die Dreadlocks um den Kopf. Sie bogen um die Ecke und gingen in Richtung Spree. In der Bevernstraße lief ihnen eine fette Ratte über den Weg. Norbert deutete auf sie.

„Ratten sind die Kaninchen Kreuzbergs."

Sie erreichten Norberts Wohnung. Sie lag in einem Altberliner Mietshaus direkt an der Spree, einem der wenigen Häuser am Gröbenufer, eigentlich waren es nur drei. Er schloss auf und half Katharina, zwei Treppen hinaufzugehen, denn seine Wohnung lag im ersten Geschoss.

Als Katharina sie betrat, versuchte sie, sich zu drehen, um sich umzuschauen, doch es gelang ihr nicht. Als sie würgte, schaffte Norbert sie in das Bad, wo sie sich über der Toilette erleichterte. Dann half er ihr in sein Zimmer. Außer seinem Doppelbett befand sich in einer Ecke noch eine Schlafcouch. Er setzte sie auf sein Bett, zog die Couch auseinander, deckte ein Bettlaken über die Sitzflächen und holte eine Wolldecke herbei. Katharinas Oberkörper war auf seinem Bett nach hinten gefallen. Er richtete ihn wieder auf und führte sie zu der hergerichteten Couch. Sie fiel hinein. Er deckte sie zu. Dann ging er ins Bad, zog sich um und ging ins Bett. Er löschte das Licht.

Norbert Renner wohnte seit elf Jahren in Kreuzberg. Gleich nach Abitur und Ersatzdienst war er nach Berlin gezogen, um Betriebswirtschaftslehre zu studieren. Er kam aus Ochsenfurt am Main, wo er geboren wurde und seine Familie lebte. Sein Vater arbeitete als Geschäftsführer bei einem Automobilzulieferer im nahen Kitzingen, seine Mutter half gelegentlich im Weingut ihrer Eltern in Frickenhausen aus. Er hatte außer einem älteren Bruder noch zwei jüngere Schwestern.

Die Renners besaßen ein ansehnliches Einfamilienhaus mit Mainblick im Stadtteil Kleinochsenfurt, in der Nähe des einzigen Ochsenfurter Weinberges. Obwohl er sich über Kindheit und Elternhaus nicht beklagen konnte, zog es ihn fort aus seiner Heimatstadt, die zwar über touristische Qualitäten hinsichtlich ihrer Lage am Main und einer lauschigen Altstadt verfügte, ihm jedoch letztlich eng und spießig vorkam. So kam es zum Entschluss, Ochsenfurt zu verlassen und nach Berlin zu ziehen. Berlin sei nach der Wende eine spannende Stadt geworden, so hatte er gehört und so erlebte er es.

Der Stadtteil Kreuzberg bildete aufgrund seiner Lage eine Art Nahtstelle zwischen dem ehemaligen Ostberlin und dem alten Westen und schien ihm schon deswegen besonders kreativ und aufregend zu sein; folglich suchte er sich dort eine Wohnung.

Er fand sie im Bergmannkiez, in der Nähe des Chamissoplatzes. Von dort war es nicht weit bis zu den U-Bahnstationen Platz der Luftbrücke und Gneisenaustraße, sodass er die TU Berlin, seine Ausbildungsstätte in Berlin Tiergarten, gut erreichen konnte.

Die Gegend faszinierte ihn. Sie war weitgehend unzerstört geblieben und zeigte ein Bild, wie es sich wohl seit dem neunzehnten Jahrhundert erhalten hatte. Nach außen hin wurden die Straßen und Plätze gesäumt von prächtigen Gründerzeitbauten, deren Fassaden derart mit Stuck verziert waren, dass sich keine in ihrer Ausgestaltung wiederholte. Die Wohnungen lagen bei den Vorderhäusern im Hochparterre und drei Etagen darüber; manchmal gab es außen Kellereingänge, die ursprünglich in kleine Läden und Werkstätten geführt hatten. In den Wohnungen lebten früher die besser gestellten Leute, besonders in der ersten Etage über dem Hochparterre, der sogenannten „Beletage". Doch die Höfe der Häuser waren durchsetzt mit Hinterhäusern, deren Schäbigkeit im Kontrast zu den üppigen Vorderhäusern stand; oft hatte man die Fassaden nicht einmal verputzt, sodass blanke Ziegelwände mit kleinen Fenstern in Erscheinung traten.

In solch einem Haus wohnte Norbert. Die Wohnung war winzig und bestand aus einem Zimmer, einer Schlafkammer und einem vor vielen Jahren abgetrennten kleinen Badezimmer, vorher hatte sie keines. Geheizt wurde mit einem Ofen. Im Winter umwickelte er morgens zwei Briketts mit Zeitungspapier und legte sie hinein, wenn er zur Universität fuhr. Abends glimmte dann der Ofen noch und er konnte ihn wieder schnell in Gang bringen. Der ganze Hinterhof roch penetrant nach Kohle und Brikett.

In den Hinterhöfen wohnten einstmals Arbeiter und Bedienstete. Es gab also in diesem Stadtteil eine Mischung zwischen reich und arm, wichtig und unwichtig, Herren und Dienern. Das war im neunzehnten Jahrhundert sonst unüblich und doch richtungsweisend für Kreuzberg, denn immer noch war sie für diesen Stadtteil typisch. Doch Arbeiter und Bedienstete wohnten kaum noch hier, an ihre Stelle traten vielfach Studenten und Künstler. Reichtum kam durchaus vor; Banker, Geschäftemacher und Yuppies besiedelten die Penthousewohnungen in den Altbauten. In den großen Wohnungen der Vorderhäuser lebten häufig Wohngemeinschaften.

Doch es gab eine farbige, auch für Berlin außergewöhnliche Kommunikation. Man traf sich oft mit den Nachbarn, veranstaltete Events und feierte gemeinsam. Besonders im Sommer war in den Hinterhöfen und auf den Plätzen ständig etwas los: Livemusik füllte die Luft, Bänke wurden aufgestellt, man grillte und trank. Die Eckkneipen – von denen es allerdings hier, wie im gesamten Berlin immer weniger gab – wurden regelmäßig und häufig besucht.

In dieser Zeit lernte Norbert auch seinen Freund Andreas Beyer, Künstlername „Andy Beier" kennen.

Andy war Schauspieler, hatte wie die meisten seiner Kollegen kein festes Engagement und kämpfte sich außerhalb gelegentlicher Auftritte mit Nebenjobs durch, meistens in der Gastronomie. Andy war zwei Jahre jünger als Norbert, besaß einen muskulösen, allerdings kleinen Körper und ein ausdrucksvolles, ebenmäßiges Gesicht. Seine schwarzen Haare hielt er kurz geschnitten. Fast an jedem Morgen machte er an einer Teppichstange auf dem Hinterhof seine Klimmzüge, gegenüber von Norberts Wohnung. Er wolle sich fit halten, sollte ihm plötzlich eine Rolle angeboten werden, sagte er zu Norbert.

Die Mädchen mochten ihn. Eine Kette kurzfristiger Freundinnen versüßte sein Leben, und Norbert profitierte oft davon, weil Mädchen immer Freundinnen haben, die er kennenlernte, während er mit Andy unterwegs war. Dafür half er manchmal aus, wenn Andy klamm war; Norbert hatte keine Probleme, denn jeden Monat traf pünktlich das mehr als ausreichend bemessene Geld seiner Eltern ein.

Zudem bot Andy allen, die mit ihm zu tun hatten, beste Unterhaltung; er konnte singen, rezitieren und sogar zaubern.

Es war eine lockere und ereignisreiche Zeit für Norbert. Er blieb in den Semesterferien meist in Berlin, arbeitete manchmal mit Andy in Kneipen und gab das verdiente Geld schnell wieder aus, indem er es mit seinen Freunden und seinen wechselnden Mädchen verfeierte. Durch Andy hatte er auch Kontakt mit der Kreuzberger Künstlerszene, die sich in den billigen Wohnungen in der Nähe der Oberbaumbrücke angesiedelt hatte.

Nach dem Examen arbeitete Norbert bei einer Immobilienfirma, die sich auf den Verkauf teurer Eigentumswohnungen und Einfamilienhäuser spezialisiert hatte. Das Erste, was ihn störte, war, dass er sich bei den Außenterminen mit Anzug und Krawatte verkleiden musste, ein Aufzug, den er aus Leibeskräften hasste. Die Besichtigungstermine fanden meist in der Weise statt, dass er betuchte Ehepaare zur Besichtigung durch die Objekte führte. Die hochhackigen Gattinnen, welche mit arroganter Pikiertheit die Räume naserümpfend durchschritten, nervten ihn ebenso wie deren katzbuckelnde Ehemänner. Er kündigte den Job.

Danach trat Norbert eine Stelle bei einer Firma für Steuer- und Wirtschaftsprüfung an. Den ganzen Tag saß er im Büro und ärgerte sich mit Zahlen herum. Diesen Job empfand er als grenzenlos langweilig, blieb aber eine Weile dabei, weil er noch nicht wusste, wohin er seinen Weg richten solle. Und ganz zufällig bot sich ihm eine ungeahnte Chance.

Ein Feinkostladen in Wilmersdorf hatte Insolvenz angemeldet und seine Firma sollte die Abwicklung vornehmen. Norbert fuhr hin. Der Laden lag in der Pfalzburger Straße, unweit des Ludwigkirchplatzes. Die Gegend war beliebt und wurde vom Berliner Großbürgertum bewohnt, darunter auch viele Wohlhabende und Prominente. Bekannte und begehrte Restaurants befanden sich in der Nähe und der Kurfürstendamm war nicht weit. Eigentlich müsste ein Feinkostladen hier funktionieren, dachte Norbert.

Tat er auch. Der Besitzer war ein ehemaliger Fleischermeister, der aus dem Osten kam, in einer Konservenfabrik in Halberstadt gearbeitet hatte und sich selbständig gemacht hatte. Die Miete war günstig und er bekam wohl deswegen auch Kredit von der Bank, sodass er die Räume für seine Zwecke ausbauen konnte. Nach einer Durststrecke von zwei Jahren fing der Laden an zu laufen und bescherte ihm Gewinne, von deren Höhe er vorher nur geträumt hatte. Doch Gewinne müssen versteuert werden und weil er nicht mit betriebswirtschaftlichen Kenntnissen gesegnet war, gab er das Geld aus, kaufte einen Porsche und eine Eigentumswohnung in der Nähe, beides hoch finanziert, und schaffte sich eine Freundin an, was seine Ehefrau wütend zur Kenntnis nahm und sich scheiden ließ. Dann folgte der steuerliche Doppelschlag: das Finanzamt forderte eine enorme Steuerrückzahlung und erhöhte gleichzeitig die laufenden Steuervorauszahlungen auf das Dreifache. So kam alles auf einmal. Er konnte den Kredit für die Eigentumswohnung nicht mehr bedienen, den alten Kredit für den Laden ebenso nicht und die überschüssige Liquidität reichte nicht einmal dafür aus, seine Mitarbeiterinnen und Mitarbeiter zu bezahlen – er hatte in Unkenntnis seiner Lage gerade eine Köchin neu angestellt. Ein abermaliger Kredit hätte ihn vielleicht gerettet, doch die Banken schüttelten den Kopf.

So kam es zur Insolvenz.

Norbert schaute sich das Geschäft an. Die Verkaufsfläche war nicht übermäßig groß und erstreckte sich in der Breite über die schmale Grundfläche eines Altbaus, ging aber sehr weit in die Tiefe. Eigentlich war sie ein Schlauch. Der letzte Abschnitt musste also beleuchtet werden, das hatte der Ladeninhaber aber ganz gut gelöst, indem er eine Kombination von indirektem Licht und Strahlern verwendete. Im hinteren Abschnitt befanden sich auch die Vitrinen und Tresen mit Frischwaren. Davon gingen ein Kühlraum und ein Warenlager seitlich ab, weiter zum Hof hin lagen eine Küche, ein Gemeinschaftsraum und die sanitären Einrichtungen.

Man musste also nicht viel ändern, wenn man den Laden weiterhin als Feinkostgeschäft nutzen wolle, ging es Norbert durch den Kopf. Er beschäftigte sich mit dem Gedanken, ihn selbst zu übernehmen.

Nachdem er alles durchgerechnet hatte, kam er zu einem Modell, das die drohende Zwangsversteigerung abwenden könnte. Wenn er den alten Kredit für den Laden übernähme, den Angestellten ein Angebot für eine Weiterbeschäftigung mit etwas reduziertem Gehalt machen und dem Vorbesitzer einen Preis für den Verkauf bieten würde, der deutlich über dem zu erwartenden Erlös einer Zwangsversteigerung läge, könnte man den Konkurs abwenden. Allerdings würde dieser seine Eigentumswohnung und den Porsche verlieren, sonst jedoch noch mit einem blauen Auge davonkommen.

Natürlich müsste er dann den Verkaufspreis finanzieren. Er rief seinen Vater an und erklärte ihm alles. Nachdem er ihm die Unterlagen über das Objekt geschickt hatte, erklärte sich dieser bereit, eine Bankbürgschaft zu übernehmen. Mit der Bürgschaft ging er zu seiner Hausbank, diese war einverstanden und bot ihm einen Kredit zu annehmbaren

Bedingungen an. Auch der Vermieter war bereit, das Objekt weiterhin unter den gleichen Bedingungen wie für den Vormieter zu vermieten. Das Geschäft kam zustande.

Mit seinem neuen Kredit – den er zu besseren Bedingungen als sein Vorgänger abgeschlossen hatte – löste er den alten Kredit ab. Anschließend kündigte er seinen Job bei der Steuerberatungsfirma.

Es war nun wichtig, den Betrieb des Ladens nahtlos weiterzuführen. Seine erste Maßnahme bestand darin, den Bestand der Mitarbeiter vorsichtig zu reduzieren, denn die Gehälter für acht Mitarbeiter würde das Geschäft auf Dauer nicht tragen. Er plante, nach und nach mit vier Mitarbeitern auszukommen. Dabei kam ihm zugute, dass drei seiner Mitarbeiter sowieso vorhatten, nach den Turbulenzen der vergangenen Zeit ihre Stelle zu wechseln, dabei auch die alte Köchin, die jeden Tag warme Speisen zubereitete, welche als Fertiggerichte verkauft wurden. Norbert hatte vor, die Zubereitung von warmen Speisen sowieso aufzugeben; betriebswirtschaftlich brachte das nur Probleme und es kam nicht viel dabei heraus. Es gab auch keinen Sinn, gegen die übermächtige Konkurrenz von KaDeWe und Galerie Lafayette anzulaufen.

Die Stärke des Ladens würde darin liegen, dass finanzkräftige Anwohner – eher deren Ehefrauen – die Möglichkeiten hatten, fußläufig kleine Leckereien spontan zum Frühstück oder abends einzukaufen. Das brachte die Chance, sich vom Preiskampf des Lebensmittelhandels weitgehend unabhängig zu machen. Also würde sich die Produktion von hausgemachen Delikatessen auf Salate und kalte Spezialitäten reduzieren. Dafür brauchte er eine Spezialistin in der Küche. Früher nannte man sie „Kaltmamsell". Als er das mit Johanna, der neu eingestellten Köchin, besprach, erklärte sie ihm, dass sie das beherrsche. Sie probierten es aus, es klappte.

Das Konzept lief so, dass er einen großen Vorrat an Käsesorten und haltbaren Fleischwaren bereithielt, vorwiegend Salami und Schinken, dafür aber alles vom Feinsten. An Frischwaren bot er im hinteren Teil des Ladens Obst und Gemüse und die selbstgemachten Salate an. Die Brotsorten bekam er von einer Biobäckerei, die auch eine begrenzte Auswahl an Kuchen lieferte. An ihnen konnte er nicht viel verdienen, doch alle anderen haltbaren Lebensmittel wie Konserven, Kaffee, Tee und Süßwaren verkaufte er mit einem ordentlichen Preisaufschlag, wobei er auf die Exklusivität seiner Waren achtete, also darauf, dass ein Großteil der Artikel nirgendwo anders erhältlich war. Im vorderen Teil des Ladens befand sich der Vorrat an Wein und Spirituosen. Bei den Weißweinen hatte er sich auf deutsche Weine spezialisiert; viele kamen aus Franken, denn mit Frankenweinen kannte er sich am besten aus. Also standen die Bocksbeutelflaschen Bauch an Bauch.

In dieser Zeit erfuhr er – ebenfalls durch Zufall – , dass am Gröbenufer eine Altbauwohnung frei geworden war. Er schaute sich die Wohnung an. Sie bestand aus zwei großen Zimmern, einem kleinen Fremdenzimmer und einer Küche, groß genug, dass man sie als kommunikative Wohnküche ausbauen konnte. Auch einen kleinen Balkon zur Spree hatte sie. Was die Wohnung für ihn besonders interessant machte, war der Umstand, dass es zwischen dem Geschäft und der Wohnung eine durchgehende U-Bahnverbindung gab, die am Hohenzollernplatz begann und am Schlesischen Tor endete. Er könnte also sein Auto zuhause lassen und die U-Bahn nutzen, sinnvoll, weil es in der Pfalzburger Straße kaum Parkplätze gab. Die Miete für die Wohnung war zwar hoch. Aber wenn man sie mit einem Mitbewohner teilte, würde es gehen. Sofort fiel ihm Andy ein. Denn Andy hatte kein festes Einkommen. Norbert kam eine Idee. Er ging zu Andy hinüber.

„Ich habe ein Superangebot für dich, Andy. Wir teilen uns die Arbeit in meinem Laden und du übernimmst eine Hälfte. Ich habe sowieso auf Dauer keine Lust, ständig von morgens bis abends im Laden zu stehen. Eine neue Wohnung am Gröbenufer habe ich auch in Aussicht, die wir uns teilen könnten."

Andy wollte erst nicht.

„Ich bin Schauspieler, Norbert. Ich verstehe nichts von einem Ladengeschäft. Außerdem habe ich gerade eine kleine Rolle bei der Volksbühne bekommen."

„Wohl als Butler, der hineinkommt und hinausgeht?" Andy war beleidigt.

„Wo denkst du hin, wir sind doch kein Boulevardtheater! Es ist eine Rolle in einer Inszenierung von Frank Castorf!"

„Was ist das für ein Stück?"

„Ein Theaterstück nach Dostojewski."

„Wie heißt es?"

„Der Idiot."

„Ein solcher bist du, wenn du mein Angebot nicht annimmst. Im Ernst, du kannst auch weiter schauspielern. Wir können uns die Arbeit so aufteilen wie wir wollen. Zu den Aufführungen und Proben kannst du gehen, das werde ich sicherstellen."

„Und was verdiene ich?"

„Kommt darauf an, wie der Laden läuft. Ich wäre bereit, dir ein Drittel des Gewinnes abzugeben. Du steigst bei mir als Unternehmer ohne Kapital ein, musst aber dafür die

Hälfte der Ladenarbeit übernehmen. Für alles andere sorge ich. Nach den Zahlen, die mir vom alten Besitzer vorliegen, müsste das für dich mindestens 2.500 € im Monat ausmachen. Zusammen könnten wir uns die Wohnung am Gröbenufer locker leisten." Andy bat um einen Tag Bedenkzeit und sagte dann zu. Alles funktionierte. Sie bekamen die Wohnung und zogen um. Norbert startete eine kleine regionale Werbekampagne für den neuen Laden und feierte mit Andy und seinen Mitarbeitern Eröffnung, wobei Andy mit Rezitationen und Zauberkunststücken den Unterhalter beisteuerte. Die Leute waren begeistert und ein paar Tage später erschien sogar ein kleiner Artikel in der Berliner Presse, der auf ihren Laden hinwies. Besser konnte es nicht laufen.

Das Geschäft brummte vom ersten Tag an. Die Schickimickis liebten ihn und guckten nicht auf die Preise. Die Kehrseite war, dass Norbert sich mit schwarzer Hose, Oberhemd und schwarzer langer Schürze vorübergehend verkleiden und den eingebildeten Luxusehefrauen tagaus, tagein die Honneurs machen musste, ausgerechnet er, der Kreuzberger. Andy gelang das besser, na ja, der war eben Schauspieler, kam es Norbert in den Sinn.

Irgendwann, nach seinem Arbeitstag, reichte es ihm und er wollte die aufgeputzte Bürgerlichkeit, die ihn umgab, verlassen, um sich gesund und normal zu fühlen.

Als Norbert erwachte, galt sein erster Blick dem Sofa, auf dem Katharina schlief. Sie lag unter der Decke, ihr Mund war geöffnet und ihre Dreadlocks und ihr linkes Bein baumelten aus dem Sofa. Sie rührte sich nicht.

Kein Wunder, dachte Norbert, sie hatte gestern reichlich getankt und war es nicht gewohnt, sie kam eben aus der Provinz. Er stand auf, ging ins Bad und nach Toilette und Katzenwäsche in die Küche. Gundel saß am Küchentisch, mit Jogginghose und einem weißen T-Shirt bekleidet, und rührte in ihrer Kaffeetasse, ihr Aufzug passte zu Norbert, der außer einem T-Shirt noch seine Schlafshorts trug.

Gundel, das war Andys derzeitige Freundin, eine attraktive Frau mit langen blonden Haaren, die sie an diesem Morgen zu einem Zopf geflochten hatte. Derzeitig, das kann man eigentlich nicht mehr sagen, sie sind mehr als ein Jahr zusammen, ungewöhnlich für Andy, besann sich Norbert. Gundel hieß eigentlich Dr. Gundula Markwort, war Ärztin, fünf Jahre älter als Andy und führte in Berlin Mitte eine Praxis für Allgemeinmedizin. Sie schaute zu Norbert und sprach ihn an.

„Wie war es gestern?"

„Normal. Ich war im Schlesischen Eck."

„Aha. Wen hast du getroffen?"

„Till. Ach so, und Milla. Und die Üblichen."

„Standardbezechung, was? Lass dir mal was Besseres einfallen."

„Hört sich so an, als wäre dir das gestern passiert?"

„Ist es auch. Wir waren in Mitte, bei einer Vernissage. Der Künstler malt so Riesenbilder, kann sich kein Mensch in die Bude hängen, sahen aber gut aus. Meist muskulöse Männer mit Wasser oder Pflanzen, der Knabe ist schwul. Dafür waren die Häppchen Scheiße, die könnt ihr in eurem

Laden viel besser. Deswegen haben wir uns hinterher belohnt, bei dem Italiener neben der Markthalle in Mitte. Stell dir vor, wir haben Platz gekriegt!"

Norbert kannte den Italiener. Bei ihm gab es die üblichen Pastas und Pizzas, dafür aber von ausgesuchter Qualität. Meist gab es dazu noch ein Spezialgericht, das täglich wechselte. Der Laden war jeden Tag rappelvoll.

„Und was habt ihr gegessen?"

„Andy isst immer Pizza, du kennst ihn doch. Auch diesmal wieder eine halbe, die andere Hälfte lässt er sich einpacken. Er hat Angst um seine Figur. Aber ich!" Sie strich über ihren Bauch.

„Was?"

„Kalbsnieren in Weißwein mit Gnocchi. Eine Köstlichkeit!"

„Bahh!"

„Du hast keine Ahnung von guter Küche." In diesem Moment hörte man im Bad Wasser rauschen. Es hörte sich so an, als sei Andy aufgestanden und unter die Dusche gegangen. Norbert grinste. Gundel schaute ihn ärgerlich an.

„Nimm dir ein Beispiel an ihm! Er duscht jeden Tag, er ist eben reinlich."

Katharina lief durch den Flur und schaute sich suchend um. Sie trug einen schwarzen Slip und ihr khakifarbenes T-Shirt vom Tag zuvor. Sie hörten, wie eine Tür geöffnet wurde und Andy laut fluchte. Katharina lief wieder zurück in Norberts Zimmer. Gundel neigte sich zu Norbert und guckte ihn mit einem zugleich scharfen und belustigten Blick an.

„Was war denn das?"

„Sie heißt Katharina. Ich hab sie gestern im Schlesischen Eck aufgepickt. Sie war fix und fertig."

„Aha. Ich wusste gar nicht, dass du auf Dreadlocks stehst."

„Tu ich auch nicht. Sie war eben bedürftig." Gundel grinste breit.

„Nach was?" Norbert wurde sauer. „Tu doch nicht so. Jedenfalls nicht nach dem, auf was du und dein Lover scharf seid."

Eine Weile später kam Andy herein und setzte sich zu ihnen.

„Morgen, Norbert. Was hast du denn da angeschleppt?" Norbert reagierte genervt.

„Mann, ich hab sie erst gestern kennengelernt. Sie kommt aus der Provinz, keine Ahnung, wie es sie ins Schlesische Eck verschlagen hat. Sie hatte zu viel gesoffen und vertrug es nicht. Sie tat mir leid. Sollte ich sie auf der Straße stehenlassen?"

„Und die Dreadlocks?"

„Die passen eigentlich überhaupt nicht zu ihr. Sie ist eher eine Ecke bieder. Keine Ahnung, warum sie die trägt. Kannst sie ja fragen."

Gundel stand auf, ging zum Herd und setzte einen Topf mit Wasser auf. Einen Moment zögerte sie.

„Mag deine Kneipeneroberung weichgekochte Eier?"

„Weiß ich nicht. Mach man vier. Wenn nicht, esse ich zwei. Sie heißt übrigens Katharina." Gundel nahm vier Eier aus dem Kühlschrank und ließ die Tür auf. Norbert stand auf und holte Wurst, Schinken, Käse, Butter und Toastbrot. Als die Eier fertig waren, aßen sie. Inzwischen dampfte der Kaffeeautomat.

Katharina kam herein. Sie sah erbärmlich aus und schien sich auch so zu fühlen. Gundel und Andy schauten sie belustigt an.

„Entschuldigt, dass ich euch hier beim Frühstück überfalle. Ich heiße Katharina."

„Wissen wir schon", sagte Andy, „du siehst ja aus wie das Leiden Christi zu Pferde. Trink erst mal Wasser und lass den Kaffee weg. Aber essen solltest du."

Er stand auf und stellte ihr eine Flasche Mineralwasser auf den Tisch.

„Mir ist das braune Zeug nicht bekommen, das wir zum Schluss getrunken haben", sagte Katharina.

„Das Zeugs war Jägermeister. Tills Muttermilch", ergänzte Norbert. Katharina griff zu der Mineralwasserflasche, schüttete sich zweimal die Kaffeetasse voll und trank das Wasser in einem Zug hinunter. Während die anderen frühstückten und sich unterhielten, blieb sie schweigsam.

Gundel schaute auf ihre Uhr und stand auf.

„Ich muss mich schnell anziehen und los. Die Praxis wartet. Macht es gut, bis heute Abend." Sie verschwand in Andys Zimmer. Norbert wandte sich an Andy.

„Eigentlich bin ich heute Vormittag für den Laden dran, Andy. Könnten wir nicht heute einen Tausch machen? Ich möchte mich um unseren Gast kümmern." Andy nickte und verschwand.

Katharina blieb immer noch schweigsam. Sie nahm ein Stück Toast und kaute widerwillig darauf herum. Norbert merkte, dass es in ihrem Kopf arbeitete. Nach einer Weile kam sie mit der Sprache heraus.

„Ich hab ein Problem, Norbert. Ich muss bis übermorgen aus meiner Wohnung verschwinden."

„Das heißt, du hast deine Wohnung nur für kurze Zeit gemietet?"

„So ist es. Ich habe sie über eine Annonce bekommen, eigentlich für vier Wochen. Meine Vermieterin wollte für diese Zeit nach Italien verreisen und ihre Familie besuchen. Jetzt ist sie vorzeitig zurückgekommen." Norbert schaute sie an, mit einer Mischung aus Belustigung und Bedauern.

„Dann musst du eben vorzeitig zurück, in deine romantische fränkische Heimat!" Auf Katharinas Stirn bildeten sich Zornesfalten.

„Das muss ich sowieso. Vorher wollte ich noch eine Auszeit nehmen, hab ich dir doch schon gestern gesagt. Ich kenne eure Wohnung nicht, sah aber vorhin, dass es bei euch noch ein Besuchszimmer gibt, weil ich die falsche Tür aufgemacht habe. Könnt ihr mir das nicht vermieten? Ich bezahle euch das auch."

Stille.

Norbert guckte in ihre Augen. Sie wirkten mitgenommen, hatten sich aber ihre Zartheit bewahrt.

„Und für wie lange soll das sein?"

„Höchstens vierzehn Tage. Ihr werdet nicht viel von mir spüren. Tagsüber bin ich weg. Ich kenne hier eine Menge Leute, die ich noch besuchen will. Ich komme im Prinzip nur abends, zum Schlafen, manchmal vielleicht auch nicht."

Nach einer Weile entschloss sich Norbert.

„Ich wäre einverstanden. Wir müssen natürlich noch Andy fragen. Er ist jetzt noch nicht im Laden, wir können ihn später anrufen. Inzwischen isst du noch ein weichgekochtes Ei, tut deinem Magen gut."

Erleichtert griff Katharina zu Eierbecher und Löffel.

Später rief Norbert im Laden an. Andy war einverstanden.

„Und was wollt ihr dafür haben?", fragte Katharina.

„Nichts. Halte den Kühlschrank voll, das reicht. Die Delikatessen aus unserem Laden können wir uns nicht immer leisten." Erleichtert sank Katharina in ihrem Stuhl zurück.

Sie machte Anstalten, Norbert zu umarmen, doch der wehrte ab.

Gegen Mittag fuhren sie zu Katharinas Wohnung in der Oppelner Straße. Sie befand sich in einem halbwegs hergerichteten, typischen Kreuzberger Gründerzeitbau. Gegenüber stand ein vernachlässigter Altbau mit schmierigen Graffiti an den Wänden. Katharina ging nach oben. Nach kurzer Zeit kam sie zurück, bepackt mit einem Rucksack und einer Reisetasche.

Aus den vierzehn Tagen wurden zehn Wochen. In der ersten Zeit entwickelte sich alles so, wie es Katharina angedacht hatte. Tagsüber war sie meistens nicht zuhause, das traf jedoch auch auf Norbert und Andy zu. Wenn beide keinen Ladendienst hatten, machten sie oft anderes: Norbert blieb im Geschäft und erledigte den Schriftkram oder fuhr zu den Großmärkten und Andy ging zu Theaterproben oder ins Fitnessstudio; nebenbei nahm er noch Gesangsunterricht.

Abends trafen sie sich manchmal in der Wohnung, häufig war auch Gundel dabei. Katharina konnte gut kochen, kaufte ein und setzte ihnen ungewohnte leckere Gerichte vor, meistens fränkische Spezialitäten wie fränkischer Schweinekrustenbraten oder Saure Zipfel, eingelegte Bratwürste in Essigsud mit Zwiebeln und Möhren, dazu klaren fränkischen Kartoffelsalat mit Speck. Norbert brachte dazu die passenden Weine aus dem Laden mit und erntete dabei manchmal Stirnrunzeln von Katharina, die sich als gelernte Weinfachfrau natürlich auskannte. Meistens ging es um den Preis.

„Was kostet der Riesling Kabinett aus Volkach?" „15 € pro Bocksbeutel."

„Das ist er nicht wert. Verkauf deinen Kunden lieber einen entsprechenden Riesling aus dem Rheingau, die können sowas zum gleichen Preis besser als die Volkacher."

„Dann komm doch mal mit und schau dir unsere Weinauswahl an."

„Tu ich doch gern." Katharina schien hochinteressiert zu sein.

Ein paar Tage später kam sie mit, als Norbert am Morgen mit der U-Bahn nach Wilmersdorf fuhr. In der Pfalzburger Straße stand vor dem Laden ein Kleinbus mit dem Ladenlogo: „Feinkost Renner" und einer schwarzen Kochmütze. Der Laden war noch nicht aufgeschlossen; Wilfried, einer der Mitarbeiter, öffnete ihnen. Sie gingen nach hinten ins Büro und Norbert zog sich um, wechselte seinen Pullover gegen ein weißes Oberhemd und band sich eine lange schwarze Schürze um.

Er zeigte Katharina die Küche. Johanna, eine junge dunkelhaarige Frau, der man ihre italienische Herkunft ansah, war damit beschäftigt, eine Menge Platten mit Häppchen zusammenzustellen. Die Häppchen sahen delikat aus und waren mit edlen Zutaten wie Hummer und Gänseleberpastete belegt. Sie machte einen missmutigen Eindruck. Als Norbert sie darauf ansprach, wandelte sich ihr Gesichtsausdruck, sie drehte sich zu ihnen und lächelte.

„Ich arbeite hier schon seit zwei Stunden im Laden. Kannst dir vorstellen wie müde ich bin. Um zehn Uhr muss das alles hier in Dahlem sein, ein Privatempfang für einen runden Geburtstag oder so. Martin hat den Bus schon vor die Tür gestellt, ist gerade draußen und wirft wieder Geld ein, damit er kein Ticket kriegt." Martin war der Mitarbeiter für das Ausfahren von Cateringprodukten und das Abholen von Frischwaren vom Großmarkt, sonst bediente er im Laden.

„Dann leg dich eine halbe Stunde hin, wenn du fertig bist, Johanna. Das hier ist übrigens Katharina, sie ist Weinfachfrau und kommt aus Franken." Johanna nickte ihr zu.

Norbert erklärte Katharina:

„Wir machen hier, das heißt, Johanna macht ausschließlich kalte Küche, höchstens mal eine Suppe dazu. Der Vorbesitzer hat auch warme Küche angeboten. Das wollen wir nicht mehr, die Logistik mit Einkaufen, Frischhalten und Ausliefern ist zu kompliziert, es gibt dadurch viel Schwund und am Schluss kommt wenig dabei heraus. Wir haben uns für das Catering auf fünfzig Personen beschränkt, mehr kann Johanna nicht schaffen und ab dreißig Personen müssen Wally und ich oder Andy bereits mithelfen. Wir wollen uns auch in erster Linie auf den Verkauf und nicht auf das Catering konzentrieren." Katharina hörte interessiert zu.

Norbert zeigte ihr den Kühlraum. Er war geräumig und mit verpackten oder in Behältern gelagerten Lebensmitteln bestückt, manche Waren wie Schinken, Würste oder Gemüse lagen offen in den Regalen.

„Wir halten alles konstant bei etwa sieben Grad, das ist ein Kompromiss, weil manche Lebensmittel weniger, manche mehr Temperatur brauchen. Ganz wichtig ist der Ausgleich durch die Lüftung. Stromkosten hin, Stromkosten her, die Lüftung ist immer an."

Er zeigte ihr zwei Lüftungsgitter, eines auf Fußbodenhöhe und eines oberhalb der Regale. Sie vernahmen das leise Summen der Ventilatoren, Norbert schloss die Tür und sie gingen weiter.

Hinter der Frischetheke stand Waltraud Schulz, eine rundliche Blondine, etwa fünfzig Jahre alt, und war damit beschäftigt, Waren einzuräumen. Norbert stellte sie einander vor.

„Das ist Katharina, sozusagen mein Hausgast. Und das ist Wally, unsere Seniorin und unser bestes Stück. Sie ist von der Gründung des Ladens bis heute dabei. Gibt es Probleme, Wally?" Sie nickte.

„Der Weichkäse muss früher in die Kühlung, Norbert, sonst gibt es in den nächsten Tagen Ausschuss." Norbert informierte Katharina über die Käseproblematik.

„Der Umgang mit Käse ist für ein Feinkostgeschäft kompliziert. Die Kunden möchten ihn zum optimalen Reifegrad haben. Bei Hartkäse ist das kein Problem, jedoch bei weichem und mittelweichem Käse wie Camembert ist es anders. Wir bekommen ihn unreif angeliefert und lassen ihn in unserem Keller nachreifen, der die optimale Temperatur und Feuchtigkeit hat. Ab einem gewissen Reifegrad kommt er in den Kühlraum, wir halten ihn also sozusagen an. Dann sollte er innerhalb von ein paar Tagen verkauft sein."

Im vorderen Teil des Ladens schauten sie sich die Weinregale an. Katharina nahm Flaschen heraus, schaute auf die Jahrgangsbezeichnungen und hielt sie gegen das Licht. Sie machte ein paar Änderungsvorschläge, fand aber, dass die Weinauswahl im Großen und Ganzen ordentlich sei. Norbert hörte interessiert zu. Inzwischen hatte der Laden geöffnet, es standen schon Kunden im Verkaufsraum. Als Martin durch den Laden ging, um die Platten aus der Küche einzuladen, bat ihn Norbert, Katharina mitzunehmen. Sie stieg ein und Martin setzte sie an der Station „Hohenzollernplatz" ab.

Es ergab sich, dass Katharina mit leiser Nachdrücklichkeit dermaßen in die Hausgemeinschaft der beiden Männer in der Wohnung am Gröbenufer eintrat, als sei sie schon immer dagewesen. Möglich wurde dies durch die halbchaotische Lebensweise ihrer Bewohner, die Unregelmäßigkeit war eben die Regelmäßigkeit. So blieb es fast dem Zufall überlassen, wann sie sich sahen oder trafen. Dass jemand außerhäusig übernachtete, kam oft vor; Andy blieb manchmal bei Gundel, wenn er mal länger mit ihr aus gewesen war, Norbert hatte dafür alle möglichen Gründe, die entweder mit seinem Geschäft oder den alten Bekannten im Bergmannkiez zusammenhingen und Katharina hielt sich bei Fragen bedeckt, wenn einmal ihr Bett leer geblieben war. So kam man sich selten in die Quere.

Einmal passierte genau das. Nachdem Norbert im Treptower Park gejoggt hatte, verspürte er ein Reinigungsbedürfnis.

Er ging ins Bad. Die Tür war nicht verschlossen.

Katharina saß auf einem Hocker vor dem Waschbecken und wusch ihre Dreadlocks.

Außer mit einem dünnen Spitzensaum umkränzten schwarzen Slip hatte sie nichts an. Er erblickte ein Paar schmale, trotzdem üppige Brüste, ein anregender Anblick. Den Slip kannte er. Von der Sorte hatte sie mehrere, sie lagen auf dem Fußboden in ihrem Zimmer herum, wenn er es denn einmal betrat.

Doch für ihn waren Dreadlocks eine stinkige Sache. Er konnte sich nicht verkneifen, Katharina vorzuführen und sagte es ihr. Sie reagierte ungehalten.

„Was denkst du denn, warum ich sie wasche? Halt bloß deinen Mund. Unten hab ich sie nicht, wolltest du dich davon überzeugen?" Sie griff nach ihrem Slip.

„Schließ eben nächstes Mal das Bad ab!", schimpfte Norbert und knallte die Tür zu.

Und trotzdem geschah es manchmal, dass alle zusammen etwas unternahmen. Meistens gingen sie in eine der Kreuzberger Kneipen, ins „Schlesische Eck", in die „Lausitzer Quelle", eine Eckkneipe, in die „Ankerklause" am Landwehrkanal oder zu „Leydicke" in der Mansteinstraße. „Leydicke" gehörte zwar zu Schöneberg, war aber nur ein paar Schritte von Kreuzberg entfernt. Es kam auch vor, dass sie zu Hause blieben und Doppelkopf spielten, wenn Gundel in der Wohnung war.

Eines Abends kam Norbert gutgelaunt aus dem Laden zurück. Gundel, Katharina und Andy saßen am Küchentisch und tranken Rotwein.

„Ich habe heute einen Auftrag in Aussicht, der unseren Laden um dreitausend bis sechstausend Euro reicher machen könnte. Im Martin-Gropius-Bau schließen im Oktober zwei bedeutsame Architekturausstellungen ihre Tore, eine ganz wichtige vom Bauhaus und eine über Le Corbusier. Die Architektenkammer Berlin hat das zum Anlass genommen, zum Ausklang einen Empfang in den Räumen des Museums zu veranstalten. Dazu brauchen sie hundert Portionen Essen, vorwiegend kalte Küche. Mit unseren Häppchen wäre das schon die halbe Miete, zusätzlich wollen sie noch was Italienisches, Vitello tonnato oder so. An warmer Küche sind zwei Suppen angedacht, vielleicht noch sowas wie ein Ragout dazu. Getränke brauchen sie auch, die sollen wir aus unserem Bestand stellen, wenn das nicht reicht, wird dazugekauft. Das ergibt zusätzlich zum Essen noch einmal bis zu 3000 €, der Veranstalter ist im Prinzip limitiert auf 6000 €, kann sogar ein bisschen mehr sein, wenn viel getrunken wird."

„Und wie bist du zu dem Auftrag gekommen?", fragte Andy.

„Grohmeyer und Co. Du kennst die Grohmeyers, sie gehören zu unseren besten Kunden. Grohmeyer wohnt in Dahlem, hat ein bekanntes Architekturbüro und wohl auch Einfluss in der Architektenkammer. Wir haben schon oft Privataufträge für sie abgewickelt." Andy nickte.

„Wie dem auch sei, normalerweise liefern wir nicht für mehr als fünfzig Personen. Ich hab mir also einen Tag Bedenkzeit vorbehalten. Als ich Johanna von dem Auftrag erzählte, ist sie mir fast in das Gesicht gesprungen."

„Kann ich mir denken." Andy lachte.

„Aber der Termin ist günstig, ein Sonntagvormittag. Den Laden schließen wir wie immer am Sonnabendmittag. Wenn wir alle Johanna helfen – ich dachte dabei auch an euch, Katharina und Gundel – dann müssten wir das schaffen können. Voraussetzung ist, dass ihr euch am Sonntag schwarze Schürzen umbindet und bedient. Wenn alles klappt, könnten wir uns einen Tausender oder mehr teilen. Der Rest bleibt in der Firma, damit werden die Kosten bezahlt."

„Ich will nichts haben, ich wohn doch bei euch für lau", warf Katharina ein.

„Und was ist mit Johanna und Martin? Johanna muss am Sonnabend Überstunden machen und Martin muss am Sonntag ausliefern und abholen." Andy zog die Stirn kraus. Norbert beruhigte.

„Die wären mit einem Hunderter zusätzlich zufrieden, haben sie mir gesagt. Das trägt die Firma."

Gundel klopfte sich auf die Schenkel und zog Andy an sich.

„Wir machen das! Meine Praxis hat zu und wer weiß, die ganze Sache macht vielleicht sogar Spaß!"

Sie hob ihr Weinglas.

„Wir machen das!", kam das Echo. Norbert war hochzufrieden.

„Dann reißt euch am Riemen. In der nächsten Woche geht es los!" Die Weingläser klirrten.

„Und nun zu dir, Katharina", Norbert schaute ihr fröhlich ins Gesicht, „dafür, dass wir dein Geld verknuspern, lade ich dich in ein edles Kreuzberger Restaurant ein. Ob du das glaubst oder nicht, so etwas gibt es auch in Kreuzberg."

Die Sache lief wie am Schnürchen. Andy und Wally kauften ein und Johanna stellte am Sonnabend ein Häppchen-Fließband zusammen, Gundel schnitt mehrere Sorten Brot, bestrich sie mit verschiedenen Mischungen wie Kräuterbutter und speziellen Mayonnaisen, während Katharina und Norbert Schalentiere, Pasteten und Käse in viereckige Portionen zerschnitten und auf die Brotecken legten. Johanna krönte die Häppchen mit Stücken von Bratenjus, Kräutern, selbstgemachtem Gemüsetartar und süßsaurem Relish. Alles andere, die Suppen, das Vitello tonnato sowie in Olivenöl gebratenes und danach eingelegtes mediterranes Gemüse und eine Terrine Ragout von Meeresfrüchten mit Fenchel, eine Eigenkreation, hatte Johanna schon am Vormittag zubereitet.

Die Veranstaltung am Sonntag wurde für das Team der erwartete Erfolg. Martin und Andy hatten das Büffet aufgebaut, zusammen mit Norbert füllten sie den Kunden die Teller und teilten Gläser mit Getränken aus. Es gab nur wenige Sitzgelegenheiten, meistens standen die Gäste an Stehtischen. Norbert fiel auf, dass die vorherrschende Farbe bei den Architekten schwarz war; häufig schwarze Hose und schwarzes Hemd oder schwarzer Pullover, Krawatten trugen nur wenige. Die anwesenden Frauen hatten sich meist edel zurechtgemacht.

Gundel und Katharina liefen umher und füllten die Gläser nach, häufig kam es zum Smalltalk. Gundel erntete besonderes Erstaunen bei den Frauen, wenn sie ihnen erzählte, dass sie Ärztin sei. Dafür schauten manche Frauen etwas konsterniert auf Katharinas Dreadlocks; den Männern schienen sie egal zu sein. Katharina bemerkte hinterher, Architekten seien eben kreative Menschen und für Neues und Auffälliges aufgeschlossen, was bei Norbert und Andy verhaltenes Grinsen auslöste.

Das Essen dauerte nicht sehr lange, Martin und Andy konnten früh gehen und es sah so aus, als wären die Gäste in erster Linie daran interessiert, sich zu unterhalten und die Champagner- und Weinvorräte zu dezimieren. Doch Norbert hatte gut geplant, als die Vorräte zu Ende gingen, war es vierzehn Uhr und der Empfang vorüber.

Am Freitagabend darauf saßen sie in der Küche und machten Kassensturz. Für jeden waren vierhundert Euro übriggeblieben, Norbert legte die Scheine auf den Tisch. Katharina wies sie zurück.

„Ich will das Geld nicht." Andy schaute sie tiefgründig an.

„Sehr uneigennützig von dir, Katharina. Du hast uns ja schon im Vorfeld gesagt, dass du nichts davon haben möchtest. Dass du bei uns wohnst, geht auch so in Ordnung. Aber wenn du das Geld nicht nimmst, verteilen wir es dankbar." Er schob die Scheine mitten auf den Tisch. Norbert lenkte ein.

„Wir hatten, das heißt, Katharina und ich, hatten eine Abmachung. Ich wollte mit ihr edel essen gehen, bleibt es dabei?" Katharina nickte. Andy nahm vier Fünfziger von Katharinas Anteil zurück und gab sie Norbert. Gundel wurde ungehalten.

„Hört bloß auf damit, Geld hin und her zu schieben, sonst glaube ich, ich bin im falschen Film. Ich mache einen Vorschlag: wir hauen den Rest auf den Kopf. Wir gehen erst zum Türken in der Köpenicker Straße, ordentlich essen, und dann in einen Club und lassen uns versacken. Was über die zweihundert Euro hinausgeht, legen wir zu. Katharina bleibt außen vor."

Norbert fügte hinzu: „Dann könnten wir später in die „Lolly Bar" in der Oranienstraße gehen."

Alle waren einverstanden.

Beim Türken war es voll und roch durchdringend nach orientalischen Gewürzen. Norbert machte es für den Besitzer, den er kannte, einfach und bestellte vier gemischte Teller mit Salat und Pommes. Weil sie Hunger hatten, dauerte es nicht lange, bis die Platten und Schüsseln leer waren und vier Gläser mit Raki vor ihnen standen.

Vor der Tür machte Andy einen Vorschlag.

„Sport muss sein. Wir gehen zu Fuß zur Oranienstraße, dann machen wir in unseren Mägen durch Bewegung ein bisschen Platz zum Trinken. Bislang haben wir ja nur ein Glas Rotwein und einen Raki intus."

Wegen des für den Oktober ungewöhnlich warmen und trockenen Wetters waren auf den Straßen Kreuzbergs viele Menschen unterwegs.

In der Muskauer Straße hörten sie hinter sich das Klacken von kurzen Schritten. Sie drehten sich um und sahen zwei junge Muslimas mit hochhackigen Schuhen, offensichtlich Schwestern oder Freundinnen, wie sie entlang gingen und sich manchmal umblickten. Beide waren stark geschminkt und hatten sich mit Oberteilen und Kopftüchern aus einem glatten, schwarzen Stoff bekleidet. Darunter trugen sie hautenge lange Röcke aus einem silbrigen Stoff, mit Glitzerfäden durchwirkt, die den Po besonders betonten. Ihre Bekleidung wirkte wie eine seltsame Mixtur aus Zurückhaltung und Exhibitionismus. Auf der anderen Straßenseite öffnete sich die Tür eines türkischen Imbisses, ein knoblauchiger Geruch von Dönerfleisch wehte herüber. Eine Gruppe von männlichen Jugendlichen verließ den Laden. Einer von ihnen fand auf dem Bürgersteig eine leere Bierdose, trat gegen sie und schlenzte sie nach vorn, die anderen Jugendlichen liefen ihr hinterher und spielten weiter Fußball mit der Dose, sodass ein schepperndes Geräusch durch die Straße hallte. Als sie die Muslimas sahen, hielten sie inne. Die Muslimas kicherten ihnen zu.

Die „Lolly Bar" zeigte sich versteckt und verhalten, was ihre äußere Erscheinung betraf. Über zwei Häuserfronten hinweg hatte sie verdunkelte Fenster, ihr Eingang, wenig spektakulär, wies nur mit einer dünnen Leuchtreklame auf sie hin.

Ursprünglich hieß sie „Bei Lieselotte" und war bis in die achtziger Jahre hinein eine Schwemme gewesen. Mit „Schwemme" wurde eine urberlinerische Variante einer Gaststätte bezeichnet, eine Großkneipe. Ihre Merkmale waren: Großräumigkeit, einfachste Ausstattung und kein Essensangebot bis auf Bockwürste, Schrippen und Buletten, dafür niedrige Preise für Bier und Schnaps. Also ein Paradies für Versackte, Unglückliche und Alkoholiker.

Schwemmen gab es nicht mehr, so wurde aus der „Lieselotte" die „Lolly Bar", in kreuzbergischer Weise erklärte sich somit die Änderung des Namens und des Zweckes.

Sie traten ein. Die lange Bar leuchtete ihnen hell und angenehm entgegen und führte zu einer Art Raumlandschaft.

Niedrige Tische mit ebenso niedrigen einzelnen Hockern und Bänken umrundeten einen Leerraum mit Tanzfläche. Vereinzelt ordneten sich in Winkeln der Räume abgegriffene Sofas, wohl aus den fünfziger Jahren, vielleicht vom Sperrmüll stammend. Als sie sich setzen wollten, wurden sie unerwartet angesprochen. Till, der Künstler, saß an einem der Tische und hatte ein Mädchen dabei.

Sie war klein, hatte einen dicken Hintern und ihr hübsches Gesicht war genauso angemalt wie Tills Gemälde. Till strich ihr über den Po.

„Sandy. Sie ist mein Hintergrund, meine Inspiration, meine Muse. Setzt euch zu uns, wir sind überaus freundlich."

Sie lächelte, eilig versichernd: „Ich komm nicht aus dem Osten, ich heiße eigentlich Sabine."

Die Einladung kam recht. Ein Blick auf das Sitzfeld um Sandy und Till herum verriet, dass man die Lücken dazwischen besetzen musste, um dichter zusammen zu kommen. Es klappte. Nach und nach verließen die Sitzinhaber, meistens Paare, ihre Plätze, setzten sich um oder verließen die Lolly Bar. Übrig blieben beschmierte Tische, eilends abgeräumt und nach ihren Bestellungen in Minutenschnelle vollgefüllte Bier-, Wein- und Schnapsgläser aufnehmend; zuckrig glänzten nicht abgewischte runde Flecken, Kreuzberger Sauberkeit. Wohlgefühl stellte sich ein.

Die Frauen wollten tanzen. Offensichtlich machte sie die Musik an, nicht so gnadenloser Punkrock wie im „Schlesischen Eck", eher versöhnlich, melodiös und mit dem Quantum Drive versehen, das ihre Beine und ihre Illusionen wippen ließ. Gundel zog Norbert von seinem Sitz.

Als er mit ihr tanzte, erweiterten sich seine Erfahrungen. Sie schaute ihn in einer verbindlichen Art und Weise an, als wolle sie einen Pfeil in seine Fantasie schießen. Ab und zu fixierte sie ihn, rückte zu ihm und gönnte ihm eine dichte Umarmung. Ihm wurde ganz anders. Mit einem Mal konnte er Andy verstehen.

Und auch Sandys Po war nicht schlecht. Als Norbert beim Tanzen die Hand auf ihn legte, kamen ihm Erinnerungen an seine Schülerzeit, das Ausprobieren von Formen, an geöffnete Münder und Schenkel in der anlaufenden Paarungszeit, er konnte Tills Inspiration nachvollziehen. Fast hätte ihn eine Erektion erwischt.

Katharina überraschte ihn. Sie bewegte sich fast den ganzen Abend auf der Tanzfläche, die Dreadlocks flogen ihr um die Ohren. Als er sie einmal in seinem Arm hatte, wurde die Musik zufälligerweise langsamer; sie schmiegte sich und er verspürte wieder ihren herben, süßlichen Geruch, der ihn anmachte.

Es wurde ein langer Abend, eine lange Nacht. Die Gläser wurden leer, füllten sich und ließen ihren Inhalt in sie hineinlaufen, bis ihre Stimmen lauter und ihre Köpfe dröseliger wurden. Sie fassten sich an, rückten ihre Körper zusammen, bis sie sich mitten in der Nacht schwerfällig erhoben und eine Taxe riefen, die sie zum Gröbenufer brachte.

Gundel und Andy, sprachlos und müde, verschwanden in ihrem Zimmer. Katharina lief halbnackt durch die Wohnung, nachdem sie im Bad mit Plätscher- und Gurgelgeräuschen ihre Verrichtungen um körperliche Sauberkeit angezeigt hatte. Und Norbert fiel in sein Bett, allein, eigenartig einsam und unbefriedigt.

Irgendetwas war nicht richtig, schoss es ihm durch seinen verqueren Kopf, bevor ihm der Schlaf einen Hammer darauf verpasste.

Am nächsten Wochenende löste er sein Versprechen gegenüber Katharina ein. Für den Samstagabend hatte er einen Tisch im „Alten Zollhaus" am Landwehrkanal reserviert. Der Landwehrkanal ist die Spree Kreuzbergs. Er geht mitten durch Kreuzberg, so wie die Spree mitten durch Berlin geht. Am Schlesischen Tor bestiegen sie die U-Bahn und fuhren bis zum Kottbusser Tor. Hier stiegen sie aus und gleichzeitig ein in ein Zentrum des kreuzbergischen Multikulti.

Rund um den Platz in den vielen Läden lärmende, dumpfe Geschäftigkeit, jedoch mechanisch ablaufend, gleichsam automatisch im Auf und Ab, mit einer gewissen Verhaltenheit. Sie nahmen wahr, dass sich hier im Hintergrund der Handel mit Drogen abspielte, wovon sie vorher oft gehört hatten.

Von einer Seite des Platzes winkte ihnen das Minarett der Mevlana Moschee entgegen. In der Vergangenheit hatte sie sich einen üblen Ruf als Zentrale der „Milli Görüs"-Bewegung errungen, einer türkischen Vereinigung mit faschistischen und islamistischen Tendenzen. Hier kam es oftmals zu Zusammenstößen zwischen linksgerichteten und nationalistischen Türken, die Kurden noch dazwischen, einmal mit Todesfolge. Auch Hassprediger traten manchmal in der Moschee auf.

Als sie den Kottbusser Damm in südlicher Richtung entlang gingen, trafen sie kurze Zeit später auf den Landwehrkanal und erreichten die „Ankerklause", eine Kneipe direkt am Kanal. Hier hatten sie schon oft den Abend verfeiert.

„Ab hier beginnt in östlicher Richtung Neukölln", erklärte Norbert. „Der Kottbusser Damm ist genau die Grenze zwischen Kreuzberg und Neukölln. Die Ankerklause gehört schon zu Neukölln. Wenn du möchtest, können wir ja nachher da versacken." Katharina schaute den Kottbusser Damm entlang. Soweit sie sehen konnte, war alles in türkischer Hand, Gemüseläden, Imbisse und Dienstleister wie Flickschneider und Schuster.

„Hier war doch mal ein Rentnerparadies, habe ich gehört?", fragte sie.

„Für Rentner eher ein Jammerparadies. Sie fühlten sich missachtet und abgeschoben. Paradiese taugen nicht viel. Im Paradies wird es auf Dauer langweilig, denk an die Bibel. Wäre es nicht so, wären Adam und Eva auch nicht auf die Früchte vom Baum der Erkenntnis scharf gewesen. An der Ecke zum Landwehrkanal stand sogar einmal ein „Bilka"-Kaufhaus, ganz seriös und auf die Bedürfnisse der Rentner ausgerichtet. Davon ist nichts übriggeblieben."

Am Planufer bogen sie nach rechts ab und erreichten nach kurzer Zeit wieder den Kanal, tauchten ein in Kreuzberg. Zur Linken erschienen opulente, gut renovierte Bürgerhäuser mit direktem Kanalblick. dazwischen ein italienisches Restaurant der gehobenen Sorte.

„Kreuzberger Premier Cru, mindestens, vielleicht auch Grand Cru. Das sind meistens Eigentumswohnungen oder Mietwohnungen mit Teuermieten. Schau mal hoch."

Katharina erblickte verglaste Penthauswohnungen.

„Kann sich doch kein Mensch leisten!"

Das Grün nahm zu, je länger sie am Landwehrkanal entlangliefen. Die Hundedichte auch.

„Berlin ist die Hundehauptstadt Deutschlands, mit hundertzwanzig Hunden pro Quadratkilometer", sagte Norbert.

Nach einer Weile erschien auf der linken Seite der Gebäudekomplex des Urbankrankenhauses. Der Kanal verbreiterte sich, wurde zu einer Art See, Schwäne schwammen auf dem Wasser und es blieb viel Platz, sodass ein kleiner Hafen entstehen konnte. Ein Restaurantschiff lag am Ufer.

Langsam war es dunkel geworden, Lichter gingen an. Die Umgebung wurde jetzt parkartig, die Bebauungsdichte nahm ab. Da tauchte wie eine leuchtende Insel das Restaurant „Altes Zollhaus" vor ihnen auf, ein Fachwerkbau mitten im Grün, der an ein Forsthaus im Wald erinnerte. Katharina staunte.

„Das sieht ja überhaupt nicht mehr wie Kreuzberg aus. Eher wie eine kleinstädtische Ausflugsidylle!"

Sie gingen hinein.

Innen war schon ein Tisch für sie gedeckt. Sie schauten in die Speisekarte und einigten sich auf die gleiche Speisefolge. Vorweg sollte es Großgarnelen mit Kräutern und einem Dip aus Zitronenschmand geben, danach leicht angeräucherte und gebratene Entenbrust mit Shiitake Pilzen. Zum Dessert wählten sie Himbeeren in Blätterteigförmchen mit Haselnussparfait.

„Den Wein suchst du aus, du bist Fachfrau", sagte Norbert.

„Dann nehmen wir zu den Garnelen einen Müller-Thurgau aus Sachsen. Zu der Ente passen entweder ein badischer Spätburgunder oder ein Rioja." Sie überlegte einen Moment und schaute noch einmal in die Weinkarte.

„Wir nehmen den Rioja. Der angebotene Wein stammt von einem ordentlichen Gut und passt besser zum Rauchgeschmack der Ente, wenn der denn überhaupt spürbar ist."

Er war spürbar. Sie genossen das Essen und den Wein. Als sie aufstanden, war es noch früh, um die neun Uhr. Als sie auf dem Rückweg an der Ankerklause vorbeikamen, warf Norbert Katharina einen fragenden Blick zu. Sie nickte.

Innen war es voll. Sie trafen Gesa und Harald, Bekannte aus Norberts Zeit im Bergmannkiez. Gesa war eine vollschlanke Schönheit, formenreich und anregend. Ihr pechschwarzes Haar ordnete sich auf der Stirn zu einem Pony; sie hatte etwas berlinerisch Hugenottisches an sich, ein Typ, den man nur in Berlin findet und von dem der Zeichner Heinrich Zille offensichtlich begeistert war, denn er hatte ihn oft verewigt. Harald, dünn und nervös, schaute manchmal stolz zu ihr herüber. Optisch sah er nicht so aus, als ob sein Körpervolumen mit dem von Gesa mithalten könne.

Gesa flirtete gern und oft und Harald passte ständig auf sie auf. Dazu hatte er auch Grund. Norbert konnte sich erinnern, dass sie in seiner Zeit im Bergmannkiez einer kleinen Affäre nicht abgeneigt war, haarscharf wäre das damals zwischen ihr und ihm passiert. Als er daran dachte, spürte er, wie Katharinas Blick auf ihm lag. Es war nicht zu fassen, diese kleine Fränkin aus der Provinz konnte in seinen Gedanken, denen eines Großstädters, lesen. Die Welt ist manchmal eigenartig.

Es wurde laut und spät. Mitten in der Nacht fuhren sie zum Gröbenufer zurück, alles war wie üblich.

Katharina wurde unruhig. Norbert merkte, dass sie sich in irgendeiner Weise auf ihre Abreise aus Berlin vorbereitete. Sie blieb nächtelang weg und sprach nicht über das, was in ihrem Kopf vorging.

Und dann passierte es doch.
Sie schliefen miteinander. Vorausgegangen war ein gemeinsamer Abend mit Gundel und Andy zuhause, und danach ein Absacker in der Lausitzer Quelle. Als sie hinterher zusammenlagen, drehte Katharina ihren Kopf zu

Norbert. Er sah, dass ein paar Krokododilstränen aus ihren Augenwinkeln perlten. Er war verunsichert. Er spielte mit ihren Dreadlocks.

„Hab ich was falsch gemacht oder sind das Abschiedstränen?" Sie wurde patzig.

„Such dir was aus." Norbert zuckte mit den Schultern und drehte sich um.

Zwei Tage später blieb Norbert über Nacht weg, weil er nach einer Feier bei Freunden aus dem Bergmannkiez übernachtet hatte. Am nächsten Tag fuhr er zum Geschäft und kam erst abends in die Wohnung. Gundel und Andy saßen in der Küche bei einem Glas Rotwein.

„Der Rotwein, den du mitgebracht hast, ist ausgezeichnet."

„Was für ein Rotwein? Ich habe keinen Rotwein mitgebracht."

„Als wir vorhin nach Hause kamen, standen zwei Flaschen davon auf dem Tisch." Norbert schaute sich das Etikett an.

„In unserem Laden gibt es den nicht. Er kann nur von Katharina stammen. Ist sie nicht da?" Andy zuckte mit den Schultern.

„Ich hab sie schon seit Tagen nicht mehr gesehen."

Norbert ging in das Besuchszimmer. Es war leer, bis auf die Möbel. Das Bett war gemacht und frisch bezogen. Von Katharina Gepäck konnte er nichts mehr entdecken.

„Sie ist wohl ausgezogen. Futsch, fütscher, futschikato." Nun gut.

Im Geschäft hatte sich die turnusmäßige Gewerbeaufsicht zur Kontrolle angemeldet. Zwei Beamten kamen an einem Donnerstag, ließen sich von Norbert durch die Räume führen und machten Notizen. Besondere Aufmerksamkeit widmeten sie der Frischetheke. Zum Schluss sahen sie sich den Kühlraum an, maßen die Temperatur und die Feuchtigkeit und nahmen Wischproben von den Wänden und Regalen. Ein paar Tage später erhielt Norbert einen Anruf von ihnen.

„Es ist alles in Ordnung in Ihrem Geschäft, bis auf den Kühlraum."

„Wieso?"

„Wir haben vermehrt Coli gefunden. Nicht viel, aber knapp über der zulässigen Grenze. Ihren Rohmilchkäse hatten Sie ja abgedeckt. Kann das sein, dass das die Tage davor nicht der Fall war?"

„Nicht möglich. Wir decken unseren Käse im Kühlraum grundsätzlich ab."

Colikeime sind Darmkeime, die meisten sind harmlos, doch sie spiegeln den Verschmutzungsgrad von Lebensmitteln wider. In Rohmilchkäse sind sie oft vorhanden, deshalb soll er nur abgedeckt aufbewahrt werden.

„Dann wird die Ursache dafür sein, dass Sie oder Ihre Mitarbeiter die Hände nicht gewaschen haben, bevor sie den Kühlraum betraten, Herr Renner. Oder der Kühlraum ist länger nicht desinfiziert worden."

„Und was ist jetzt zu tun?"

„Sie müssen den Kühlraum ausräumen und desinfizieren. Die offen gelagerten Lebensmittel müssen vernichtet werden. In einer Woche kommen wir wieder und nehmen neue Proben." Das war weiter nicht so schlimm. Im Kühlraum lagerten nur Obst und Gemüse und ein paar Räucherwaren offen. Schade war es nur um den Iberico-Schinken, dachte Norbert.

„Werde ich tun", sagte Norbert.

„Okay, wir melden uns." Der Beamte legte auf.

Der Schreck des Gespräches fuhr Norbert in die Glieder, sodass er sich setzten musste. So etwas passierte ihm selten. Eine Mitarbeiterbefragung ergab keine Ergebnisse.

„Wir ziehen immer Einmalhandschuhe an, bevor wir den Kühlraum betreten. Sie liegen ja in dem Paket, das neben der Tür hängt."

Auch Andy wusste keinen Rat. Sie gaben es auf, nach der Ursache zu suchen und einigten sich auf ein pragmatisches Vorgehen, räumten den Raum auf und desinfizierten ihn. Bevor sie ihn wieder einräumten, schaute sich Norbert allein nach Feierabend alle Ecken noch einmal gründlich an. Als er sich bückte, fiel ihm hinter dem unteren Lüftungsgitter etwas Schwarzes auf. Als er das Gitter abzog und in die Öffnung griff, fühlte er Stoff zwischen seinen Händen und zog einen Damenslip heraus.

Er erkannte ihn sofort. Es war genau die Sorte, welche Katharina trug.

Zunächst registrierte er es nur. Hauptsache, die Quelle des Übels ist gefunden, mehr als diese Überlegung erlaubte ihm sein momentaner Pragmatismus nicht. Ein paar Gedankensprünge später fand er diese Einstellung zutiefst opportunistisch und unwürdig. Katharina musste zur Rede gestellt werden. Überhaupt die Würdigkeit. Der Laden in Wilmersdorf, Würdigkeit an sich verkörpernd, zog ihn gleichzeitig an und stieß ihn ab. Es war eine verschwommene Erkenntnis, die darin gipfelte, dass gerade der Laden bewirkte, dass ihn alles in seine Kreuzberger Umgebung zog, ein Wohlgefühl, wie es ein Karpfen hat, wenn er sich im trübfaulen Teichwasser tummelt, vielleicht nicht jedermanns Sache, aber für ihn genussvoll. Je länger er nachdachte, desto wütender wurde er.

Er beschloss, nach Katharina zu suchen.

Es gestaltete sich als schwierig. Obwohl Katharina mehr als sechs Wochen in der Wohnung gelebt hatte, kannte er noch nicht einmal ihren Nachnamen. Das lag auch daran, dass sie sich in dieser Zeit nur wenig getroffen hatten, außer manchmal per Zufall oder bei besonderen Gelegenheiten. Vielleicht kannten sich Gundel und Andy besser aus.

Katharina, zum Ersten.

Er fragte Andy, ob er Katharinas Nachnamen und Adresse kenne. Andy überlegte eine Weile. Doch er konnte sich nicht erinnern, dass Katharina irgendwann einmal ihren Nachnamen genannt habe.

„Frag mal Gundel, die beiden waren manchmal zusammen shoppen." Gundel kam zur Tür herein.

„Kennst du den Nachnamen von Katharina, Gundel?"

Doch sie zuckte nur mit den Schultern.

Norberts nächster Gedanke war Milla. Durch Milla hatte er Katharina kennengelernt. Millas Adresse kannte er auch nicht, also würde er versuchen, sie im Schlesischen Eck zu treffen. Es klappte gleich am ersten Abend. Er tauchte um zehn Uhr abends im Schlesischen Eck auf, das war Millas Zeit.

Katharina, zum Zweiten.

Das Schlesische Eck war brechend voll. Meinolf, der Wirt, blickte ihn fragend an und hob zwei Finger. Norbert nickte. In einer Ecke saß Milla neben einem in lederiges Schwarz gekleideten Rocker mit einer Elvis-Tolle auf dem Kopf. Sein Rockertum schien in die Jahre gekommen zu sein, was seine äußere Erscheinung betraf. Der Rocker hatte ein hohes Glas mit einem hellbraunen Getränk vor sich, wahrscheinlich Cola mit irgendwelchem Schnaps, Milla trank wie meistens Wein. Norbert holte Bier und Wodka von der Theke, zog einen Stuhl an den Tisch und setzte sich dazu.

Milla ging heute ganz in Schwarz, schwarze Hose, schwarzer Pulli, wahrscheinlich ihre schwarze Phase mit schwarzen Gedanken, von denen sie sich heute zu lösen versuchte. Nur die knallroten Haare umhüllten wie immer ihren Kopf. Der Rocker und sie wirkten zusammen wie ein abgefahrenes Trauerpaar, eine Spur gothic.

„Das ist Dave", sagte Milla zu Norbert, „David Benshausen", ergänzte Dave. Norbert stellte sich vor.

Dave erzählte, dass er ein Antiquitätengeschäft in Schöneberg habe und vor einer Stunde aus dem Laden gekommen sei.

„Dann sind wir ja Kollegen", entgegnete Norbert und berichtete, dass auch er einen Laden außerhalb von Kreuzberg führe.

„Musst dich wohl auch tagsüber verkleiden?", fragte Dave. Norbert nickte. Milla hob ihr Glas, sie tranken sich zu. Norbert wendete sich zu Milla und kam auf Katharina zu sprechen.

„Kannst du dich noch an Katharina erinnern"

„Ich glaube schon, ist das die Kleine aus Franken mit den Dreadlocks?"

„Genau die. Ich brauche ihre Adresse, vielleicht hast du sie?"

Milla zuckte mit den Schultern.

„Ich hab sie erst an dem Abend, als du dabei warst, im Schlesischen Eck kennengelernt. Ich kenne nicht einmal ihren Nachnamen. Später habe ich sie mit dir noch zweimal hier gesehen. Mehr weiß ich nicht von ihr."

Das war es denn wohl. Norbert spülte seine Enttäuschung mit einem weiteren Bier hinunter. Dave erzählte, seine große Leidenschaft sei das Motorradfahren und er fahre jeden Tag mit dem Motorrad von Kreuzberg nach Schöneberg zu seinem Laden.

Kurz vor Mitternacht verließ Norbert die Kneipe. Draußen pfiff der Wind, Regen klatschte ihm ins Gesicht, es war stockdunkel. Wie kann man nur mit einem Motorrad herumfahren, bei dem Scheißwetter.

Katharina, zum Dritten.

Wenigstens hatte er schon einmal ihre Wohnung in Kreuzberg von außen gesehen, die Hausnummer wusste er nicht mehr. Also fuhr er langsam die Oppelner Straße entlang und schaute zu beiden Seiten, die ungeduldigen Autos ignorierend, die hinter ihm wütend hupten. Er fand das Haus nicht, in dem Katharina gewohnt hatte. Am Ende der Straße wendete er und fuhr langsam zurück. Ihm fiel ein, dass gegenüber ihrer Wohnung ein vernachlässigter Altbau, fast eine halbe Ruine, gestanden hatte, mit selbst für Kreuzberg auffallend schmuddeligen Fassadenschmierereien übersät.

Nach kurzer Zeit fand er das Gebäude. Er parkte in der Nähe, ging zu dem Haus auf der anderen Seite und klingelte eine Wohnung im Hochparterre an. Kurz darauf hörte er, wie schwere Schritte auf einer knarrenden Holztreppe hinunter gingen.

Die Tür öffnete sich. Ein Mann im mittleren Alter mit kurzgeschorenen Haaren, muskelbepackt und mit einem mächtigen Bauch ausgestattet, stand vor ihm. Er trug ein dünnes T-Shirt, sodass seine Oberarme freilagen, die bis zu den Händen dicht tätowiert waren.

„Wat willste?"

„Ich suche eine Frau, die eine Woche lang in diesem Haus gewohnt haben muss. Sie heißt Katharina und trägt auffällige Dreadlocks." Der Mann musterte ihn eine Weile, während er offensichtlich nachdachte.

„Ick kenne keene Katharina und keene Dreadlocks. Kannst ja mal Francesca fragen, die vermietet manchmal de Wohnung, wennse in Italien is."

„Und wie heißt Francesca mit Nachnamen?" Der Mann richtete seinen dicken Zeigefinger auf ein Klingelschild für den vierten Stock. „Galli" stand darauf. Dann drehte er sich um und zog sich wieder in seine Wohnung zurück. Norbert drückte auf die Klingel. Als er einen Summton hörte, ging er nach oben. Die Tür zur linken Wohnung war angelehnt. Als sie von innen geöffnet wurde, stand er einer schlanken, attraktiven Enddreißigerin mit dunklen, fast schwarzen Haaren gegenüber. Eine Spur Zähfaltigkeit in ihren Gesichtszügen und die raue Stimme ließen eine Gewohnheitsraucherin vermuten.

„Ich bin Francesca. Was wünschen Sie?" Sie sprach mit einem italienischen Akzent. Norbert erklärte ihr, wonach er suche.

„Katharina? Ich erinnere mich. Sie kam im September, hatte Dreadlocks und kam aus Westdeutschland. Ich wollte nach Napoli reisen, zu meiner Familie und ursprünglich sechs Wochen bleiben. Das passte sich gerade, ich bin Buchhändlerin, hatte meinen Job gekündigt und Anfang November einen neuen Job angenommen, in einem Schöneberger Antiquariat. Also war meine Wohnung frei. Ich habe sie am Schwarzen Brett der Humboldt-Uni annonciert. Ein paar Tage später stand Katharina vor der Tür und ich habe sie ihr vermietet. Ende September zog sie ein. Die Sache ging schief, weil ich mich in Napoli mit meiner Familie verkracht hatte und zurückgekehrt bin. Katharina musste wieder ausziehen. Seither habe ich sie nicht mehr gesehen."

„Haben Sie ihre Adresse oder wenigstens ihren Nachnamen?"

„Ach was. Ich mache das immer für bar auf die Kralle. Sie war mir sowieso böse, weil ich die Vermietung platzen lassen musste, für uns beide zusammen war meine Wohnung zu klein. Ich hab ihr das Geld auch wiedergegeben, das sie angezahlt hatte. Möchten Sie einen Moment hereinkommen und einen Espresso mit mir trinken?"

Norbert lehnte dankend ab.

Der Winter verrann und Katharina rückte immer mehr aus Norberts Bewusstsein. Jedoch im Februar passierte etwas Bemerkenswertes.

Arbeiter kamen in ihre Straße, schraubten die Schilder „Gröbenufer" ab und ersetzten sie durch neue Schilder mit der Bezeichnung: „May-Ayim-Ufer."

Dazu gab es eine Stellungnahme der Bezirksverwaltung, der Kreuzberger Nomenklatura.

Der Herr Gröben sei ein Schwein gewesen, ein Militarist und Kolonialist, so lautete die postmortale Querfurzerei, Frau May-Ayim dagegen eine Heilige. Die Grünen hatten hier ihre Duftmarke gesetzt. Nach der gleichen Logik müssten sie fordern, alle Martin-Luther-Straßen und Martin-Luther-Kirchen umzubenennen, denn Luther war ein Antisemit und förderte die Verbrennung von angeblichen Hexen.

Die Grünen erschienen ihm suspekt. Deswegen schon, weil sie oft recht hatten, das war ihr Gefährliches. Ihr Weg führt über Verbote, Vorschriften und Steuererhöhungen zu ihren Zielen, also strikt ein Marsch in den totalitären Staat, den diese Menschen, die ständig über Umwelt und Gendergerechtigkeit diskutierten, überhaupt nicht wahrnahmen, dachte er. Sie sind etwas so wie eine Mischung aus Altkommunisten, Ökoaposteln mit nationalem Gerüchlein und klerikalen Moralisten, also in ihrem Ordnungssinn eher rechts als links für den, der diese abgegriffenen Einordnungen verwenden mag. Die deutsche Gesellschaft, konservativ wie sie ist, hatte wohl nur auf sie gewartet, deswegen haben sie Zuspruch. Ihr Altersgrüner, ein Herr Fischer, hatte ja auch erfolgreich gefischt, vor allem auch das, was sein eigenes Netz füllte. Irgendwo würden sie uns auch den Toilettengang verbieten, wegen Umweltschädlichkeit durch Nitrate, mutmaßte er. Dass sie in Kreuzberg so viel Zuspruch hatten, wunderte ihn nicht, hier gab es viele Verrückte, mehr als anderswo. Das fand er nicht schlimm, eher normal, denn Normalität ist der Durchschnitt aller Verrücktheiten. Schlimmer war, dass die Yuppiefraktion der Grünen, die in aufgebrezelten Altbauten wohnte, in Kreuzberg die Mieten hochtrieb.

Mitte April fand in Frankfurt am Main die jährliche Weinmesse statt, Norbert besuchte sie in jedem Jahr. Im Frühjahr fanden zwar viele Weinmessen statt, weil man zu diesem Zeitpunkt erstmalig die aktuellen Jahrgänge kennenlernen konnte, doch hier gab es die ausführlichste Möglichkeit, Frankenweine zu verkosten. Und mit Frankenweinen kannte er sich am besten aus, war er doch in der Gegend aufgewachsen. Außerdem waren sie im Sortiment des Ladens stark vertreten.

Am späten Vormittag hatten sich die Hallen noch nicht so stark gefüllt. Norbert konnte in Ruhe durch die Gänge gehen und sich einen ersten Eindruck von der Messe machen. Gerade hatte er mit Vertretern der Würzburger Weingüter gesprochen und sich über die Abfüllungen der Saison kundig gemacht als ihm ein kleiner, etwas abseits gelegener Stand auffiel. Er steuerte ihn an.

Der Stand war aus hölzernen Schwarten gezimmert, „Weingut Bachner, Iphofen", las er auf einer Tafel. Der Name kam ihm bekannt vor. Hinter einer Theke stand eine junge Frau, offensichtlich damit beschäftigt, zwei älteren Kunden etwas zu erklären. Zwischen ihnen standen gefüllte Weingläser.

Die Frau trug einen hellen Faltenrock und eine dazu passende kurzärmelige Bluse. Über die Bluse hatte sie eine schwarze miederartige Weste mit Goldknöpfen gestreift; es handelte sich wohl um eine Abwandlung irgendeiner fränkischen Tracht, mit der sie sich ausgestattet hatte.

Ihre Haare fielen ihm ins Auge. Sie waren üppig und blond; die Frau trug sie hochgesteckt und mit Haarschmuck befestigt. Und ein zweites fiel ihm auf, die zarten Augen mit den langen Wimpern.

Die Frau war Katharina.

Norbert ging weiter zum Stand, blieb in etwa zehn Metern Entfernung stehen und verschränkte die Arme. In aller Ruhe schaute er hinüber. Als Katharina seinen Blick auffing, erstarrte sie, fing sich aber sofort wieder und widmete sich ihren Kunden. Das Gespräch dauerte noch eine Weile, dann verschwanden sie. Norbert trat zu Katharina und sprach sie an, diesmal bewusst im fränkischen Dialekt.

„Grüß Gott, Katharina. Wie geht es dir?" Katharina reagierte erst nicht und guckte zur Seite. Dann schaute sie ihn an und fragte: „Was willst du?"

„Wein. Für unseren Laden. Hast du eine anständige Silvaner Spätlese dabei?" Katharina nickte, zog aus der Kühlung eine Bocksbeutelflasche heraus und schenkte ihm ein. „Iphöfer Julius-Echter-Berg, Silvaner Spätlese 2008" stand auf dem Etikett. Norbert probierte. Der Wein schmeckte sehr gut.

„Der 2009er ist noch nicht ganz fertig", entschuldigte Katharina.

„Macht nichts. Dieser hier ist mehr als o.k. Was kostet er?"

„11 Euro ab Weingut." „Zu teuer, du musst für den Laden nachlassen."

„2 Euro maximal." Katharina schaute ihn mit einer Mischung aus Wut und Verzweiflung an. „Wir verplempern unsere Weine nicht!"

Norbert rückte nah zu ihr hin.

„Was hast du dir dabei gedacht?" Sie wusste genau, was er meinte, es brachte sie kurz aus der Fassung. Sie fiel fast in sich zusammen und machte keine Anstalten, zu vertuschen.

„Können wir vielleicht heute Abend darüber sprechen?"

„Gerne. Ich schlage eine Gaststätte irgendwo in Sachsenhausen vor. Ich wohne in der Nähe."

Katharina schaute erst skeptisch.

„Das sind Touristenkneipen mit Apfelwein und dem ganzen anderen Remmidemmi. Es gibt in der Brückenstraße eine Weinstube, die ginge." Norbert war einverstanden. Sie verabredeten sich.

Als Norbert die Weinstube betrat und sich eine Weile umschaute, erblickte er Katharina in einer Ecke. Sie hatte sich umgezogen, trug jetzt Jeans und Pullover. Ihre Haare hatte sie heruntergelassen, sie sah spitze aus. Er setzte sich zu ihr.

„Die Dreadlocks sind weg, eine gute Entscheidung!" Katharina schaute ihn müde an.

„Ich bin fast ein Vierteljahr in Kreuzberg gewesen. Sollte ich da als Weinkönigin herumlaufen?"

„Das nicht, aber ohne Dreadlocks wäre es auch gegangen. Lass uns jetzt bestellen."

Sie schauten in die Karte. Als der Wein kam, ein Würzburger Silvaner, beugte sich Norbert vor und sah ihr in die Augen.

„Noch einmal, was hast du dir dabei gedacht?" Katharina fasste sich.

„Kannst du dich noch an Susanne Bachner erinnern?"

Norbert dachte nach. Richtig, Susanne Bachner. Der Name Bachner war ihm schon am Vormittag bekannt vorgekommen. Susanne ging damals auf seine Schule in Kitzingen, sie hatten sich verabredet und waren zusammen ausgegangen. Sie sah anders aus als Katharina, größer und eher ein dunkler Typ. Ein paarmal war es auch heiß her gegangen, soweit erinnerte er sich. Das spielte damals für ihn keine Rolle, weil er in seiner Schulzeit eine Vielzahl von Beziehungen hatte.

Er grübelte in sich hinein. Irgendwann war Schluss, er wusste noch nicht einmal, woran es damals gelegen hatte. Susanne hatte ihn danach mehrfach angerufen, ein paarmal hatte sie sogar am Telefon geschluchzt. Er hatte es nicht besonders ernst genommen und kurz danach brach der Kontakt ab.

Er sammelte sich und erzählte Katharina alles, woran er sich erinnern konnte. Die Reaktion erfolgte in eigentümlicher Weise, zornig und gleichermaßen depressiv.

„Sie ist meine Schwester! Sie hat dich geliebt! Hast du das überhaupt gewusst?"

Keine Ahnung. Norbert hatte mit „Liebe" nie etwas zu tun gehabt und wollte es auch nicht, auf gar keinen Fall.

„Und wenn es so ist, was hat das mit deinem Anschlag auf unseren Laden zu tun?" Katharina zögerte einen Moment.

„Damit du das verstehst, muss ich weiter ausholen. Susanne ist sechs Jahre älter als ich. Ich habe außer ihr keine Geschwister. Es war vorgesehen, dass sie unser Weingut übernehmen sollte, sie war auch dazu bereit. Meinem Vater ging es damals schon gesundheitlich nicht so gut. Ein paar Jahre später ist er gestorben. Kurz nach der Beziehung mit dir hat Susanne ihren Schulabschluss gemacht und ist dann sofort ins Ausland gezogen, man könnte auch sagen, geflohen. Heute wohnt sie in Spanien und ist verheiratet. Und eines Tages stand ich mit meiner Mutter in dem Weingut allein da.

Ich hätte auch gern in einer Großstadt studiert, vielleicht BWL, so wie du. Doch in der damaligen Situation blieb mir nichts anderes übrig, als Weinbau zu studieren, um den Betrieb langsam zu übernehmen. Ein Verkauf war damals nicht realistisch; andere Betriebe in unserer Gegend hatten selbst Schwierigkeiten mit der Nachfolge, wir hätten nur mit großem Verlust verkaufen können. Doch als mein Studium beendet war, habe ich nach Absprache mit meiner Mutter eine Auszeit genommen. Ich wollte wenigstens einmal für eine begrenzte Zeit in einer Großstadt leben, so wie ich es von Anfang an gewollt hatte. Und als ich dich dann kennenlernte, kamen die Gedanken an meine Schwester in mir wieder hoch."

Norbert schaute Katharina lange an, hob sein Weinglas an die Lippen und trank einen Schluck. Von draußen hörte man laute Geräusche, Menschen liefen umher und strömten in die Sachsenhausener Kneipen.

Katharina fuhr fort.

„Kreuzberg war für mich wie der Sprung in einen anderen Teich, turbulent und aufregend, aber auf seine Weise wunderschön. Doch ich wusste, dass die Zeit ein Ende haben würde und als es nahte, wurde ich immer wütender auf dich. Wäre es damals mit dir und meiner Schwester anders gelaufen, würde ich heute nicht in unserem Weingut in Franken festhängen. Ich wollte mich rächen! Es war falsch, heute weiß ich das. Ich verlange kein Verständnis von dir, du sollst nur um meine Motive wissen."

Norbert nahm noch einen Schluck.

„Alles begreifbar, Katharina. Nur eines verstehe ich ganz und gar nicht. Warum, um alles in der Welt, hast du mit mir geschlafen, wenn du dich an mir rächen wolltest?" Sie schaute ihn ironisch an.

„Erst mal hatten wir an dem Tag beide was getrunken. Du warst ein bisschen geil. Ein bisschen Geilheit, nicht zu viel, gehört zum Wesen eines richtigen Mannes und macht ihn sympathisch. Vielleicht wollte ich dich dafür belohnen."

Norbert fielen die Mundwinkel herunter. Er müsste aufpassen, dass ihn nicht ungewollte Kitschgefühle überkamen wie beispielsweise Verliebtheit.

„Das sind alles gewaltige Widersprüche!"

„Vielleicht gehört Widersprüchlichkeit zu meinem Wesen?"

„Und wie hast du es angestellt?"

„Das war nicht schwer. Ich kannte euren Laden. Die Schlüssel lagen in der Wohnung offen herum. Wie man die Alarmanlage abschaltet, wusste ich. Kannst du dich noch an den Abend erinnern, als wir mit dem Taxi zum Laden gefahren sind?" Norbert schüttelte den Kopf.

„Es war einer dieser verrückten Abende in deiner Wohnung mit Gundel und Andy. Wir hatten Doppelkopf gespielt. Irgendwann kam eine Diskussion über eure Weine auf. Du hast ein Taxi gerufen, wir sind zum Laden gefahren und haben sie bis in die Nacht hinein durchprobiert. Bei dieser Gelegenheit habe ich von dir abgeguckt, wie man die Tür und die Alarmanlage öffnet und schließt. Drei Tage, bevor ich aus Berlin abreiste, bist du in der Nacht nicht nach Hause gekommen, wie so oft. Bei dieser Gelegenheit habe ich deine Schlüssel genommen und bin zum Laden gefahren."

„Und wie war das mit dem Slip?"

„Den habe ich zwei Tage lang getragen. Dann habe ich ihn in der Lüftungsanlage des Kühlraumes versteckt. Ich wusste, dass er dann für ein paar Tage Colikeime streuen würde. Und ich wusste auch von dir, dass sich das Gewerbeaufsichtsamt angemeldet hatte."

„Aha. Dann hast du dir also mit dem Slip sozusagen deinen Hintern ausgewetzt?"

„Lass deine Ferkelfantasien." Katharina wurde zornig. „Wenn du einen Slip oder eine Unterhose einen Tag lang über einem gewaschenen, pieksauberen Körper trägst, brauchst du dich nicht einmal zu bewegen, dann hast du genug nachweisbare Coli darin. In meiner Ausbildung haben wir genug über Lebensmittelhygiene gehört. Über Colibakterien im Besonderen. Du musst wissen, dass Wein bakterizid ist, das hat nichts mit dem Alkoholgehalt zu tun."

„Trotzdem war das eine Sauerei, was du dir geleistet hast!" Katharina zuckte mit den Schultern.

„Ich weiß. Ich würde das nicht noch einmal wieder tun. Ich weiß aber auch, dass der Coligehalt im Kühlraum nur wenig über der Norm liegen würde. Hat es dich außer Ärger was gekostet?"

„Wenn du es genau wissen willst: einen Iberico-Schinken."

„Den ersetze ich dir natürlich." Sie brachte es tatsächlich fertig, einen Hauch von Unschuld auf ihr Gesicht zu zaubern.

„Das lass man bleiben." Das Essen kam.

Eine Weile aßen sie schweigend. Norbert dachte nach. Katharina musste damals in Kreuzberg wohl verzweifelter gewesen sein, als alle dachten, obwohl sie sich das nicht anmerken ließ. Der Weinstand auf der Messe fiel ihm ein, dieses gewollt rustikale Outfit einschließlich Katharinas konservativer Aufmachung. So etwas lief heute nicht mehr. Als sie mit dem Essen fertig waren, trank er einen tiefen

Schluck und schaute sie prüfend an. „Euer Wein ist ausgezeichnet, jedenfalls euer Silvaner, den ich heute probiert habe. Eurem Weingut müsste es doch gut gehen. Warum war es so schlimm für dich, es zu übernehmen?"

„Wäre schön, wenn es so wäre. Wir krebsen gerade so am Existenzminimum herum. An dem Silvaner liegt es nicht. Der stammt vom Julius-Echter-Berg, das ist eine der besten Lagen für Silvaner in Franken. Der Weinberg war schon in den Fünfzigern so berühmt, dass die englische Queen anlässlich ihrer Krönung Weine von daher geordert hatte. Unser Problem ist wahrscheinlich, dass wir nur elf Hektar haben, das ist weder klein noch groß. Wir können also keine Mitarbeiter einstellen und auch nicht aufwändig investieren. Meine Mutter und ich müssen alles allein machen. Wenn Susanne hiergeblieben wäre, hätten wir weniger Probleme. Das alles fiel mir ein, als du mir euren florierenden Laden gezeigt hattest!"

Norbert gingen eine Menge Gedanken durch den Kopf. Er schwieg eine Weile. Dann schaute er Katharina entschlossen an. Sie entgegnete seinen Blick wie ein verschrecktes Huhn.

„Weißt du was, Katharina? Ich wollte nach der Messe sowieso noch meine Eltern in Ochsenfurt besuchen. Dann bleibe ich noch zwei Tage länger, fahre nach Iphofen und schaue mir euer Weingut an."

Katharina antwortete eilig. Sie schien mehr als einverstanden zu sein.

„Herzlich willkommen!"

Nach dem Besuch bei seinen Eltern machte sich Norbert auf den Weg. Er fuhr nicht über die Bundesstraßen, sondern nahm den Weg am Main entlang. Bald hinter Ochsenfurt erschien links Frickenhausen, danach rechts Marktbreit, beides Kleinstädte am Mainufer, noch immer weitgehend in ihrem mittelalterlichen Bild erhalten. Alles klein-klein, dachte Norbert und ihm fiel ein, dass das nach dem Krieg übriggebliebene Berlin hautsächlich von vierstöckigen Gründerzeitbauten geprägt war, die sich über den Souterrains erhoben, so auch Kreuzberg.

Hier war alles niedriger. Die einzigen Bauten, welche die Stadtbauten und die Scharen von Einfamilienhäusern überragten, welche die Stadtkerne umrahmten und sich an den Hängen des Mains hochzogen, waren die Kirchen und manchmal hässliche, weiße Industriebauten.

Doch die Gegend strahlte dessen ungeachtet eine triumphierende Romantik aus. Dazu trug auch das helle Wetter bei, denn die Frühlingssonne hatte sich seit zwei Tagen daran gemacht, die morgendlichen Nebel, diese blassdunklen Schemen des Winters, frühzeitig zu verscheuchen und strahlte ihr Licht den Weinbergen entgegen, den Partnern des Flusses, die ihn nachbarschaftlich begleiteten. Sie schmiegten sich an seine Böschungen und wechselten mehrfach die Seite, auf diese Weise seine Biegungen vollziehend. Die Knospen der Stöcke hatten sich schon gebildet, sodass ihr braungraues Winterkleid ein verhaltenes grünliches Glitzern zeigte, wenn das Sonnenlicht auf sie fiel. Norberts Kopf füllte sich mit ungewohnten Stimmungen und Gedanken; er genoss den Anblick dieser Flusslandschaft, anders als früher, als eine solche Wahrnehmung an ihm vorbeizog, weil diese damals auf andere Ziele gerichtet war. Es lag wohl auch daran, dass seine jetzige Heimat – Kreuzberg – in denkbar größtem Kontrast zu dieser Landschaft stand.

Nachdem er an Marksteft und Sulzfeld vorbeigefahren war, erreichte er Kitzingen, die Stadt, in der er seine Schulzeit verbracht hatte. Seine Gefühle an diese Zeit waren gemischt; auf der einen Seite konnte er sich nicht über die damaligen Ereignisse und Ergebnisse beklagen, doch auf der anderen Seite wurde ihm hier erst die geistige und räumliche Enge seiner Heimat bewusst. So war in ihm der Wunsch entstanden, auf Dauer in einer Großstadt zu leben. Nach allem, was er von Katharina vorgestern gehört hatte, muss es ihr wohl auch so ähnlich gegangen sein, ging es ihm durch den Kopf.

Nach Kitzingen verließ er den Main, bog auf die Bundesstraße ab und setzte seine Fahrt nach Iphofen fort. Nachdem er ein großes Werk für Baustoffe passiert hatte, erreichte er das Städtchen, das am Fuß des Steigerwaldes liegt.

Iphofen kannte Norbert aus seiner Jugendzeit nur flüchtig. Der Ort war, wie viele andere Orte in Unterfranken, fast unbeschadet durch die Zeiten gekommen. Seine Stadtmauer umfängt es immer noch fast vollständig und das pittoreske Rödelseer Tor, das Tor zu den Weinbergen, blieb in seiner Fachwerkgestaltung mit dem Zwinger bis heute erhalten. Um den Marktplatz mit Rathaus scharten sich niedrige Gebäude, durchzogen von Sträßchen. Die Stadt lebte offensichtlich lange Zeit fast ausschließlich vom Weinbau. Neben vielen Häusern befanden sich Toreinfahrten, meistens gehörten sie zu Weingütern.

Ebenso präsentierte sich ihm das Weingut Bachner, nach dem er nur kurz zu suchen brauchte. Er parkte das Auto und suchte am Hauseingang nach einer Klingel, es gab keine. Er drückte auf die Klinke, die Tür war unverschlossen. Er trat ein.

Zur Linken schaute er in einen ungeordneten, mit Akten und Weinflaschen vollgestopften Raum mit Schreibtisch und Regalen, offensichtlich gleichzeitig Büro und Verkaufsraum.

Zur Rechten stapelten sich in einem weiteren kleinen Raum auf dem Fußboden bis knapp unter die Decke Kartons mit Weinflaschen. Katharina kam ihm entgegen. Sie hatte Jeans und einen leichten, taubengrauen Pulli an, ihre Haare trug sie lang.

„Schön, dass du gekommen bist." Sie hielt ihm ihre Wange hin, Norbert streifte sie mit seinen Lippen. Katharina führte ihn durch den Hintereingang des Hauses in einen weiträumigen Hof, auf dem neben einem Privatauto ein Kleintrecker mit Anhänger stand. Zur Rechten erblickte er ein langgezogenes, zweigeschossiges Gebäude mit einer breiten zweiflügeligen Tür, ähnlich einem Scheunentor. Sie stand offen. Innen war Katharinas Mutter damit beschäftigt, eine Maschine zu bedienen, die Wein in Bocksbeutelflaschen abfüllte. Der Wein kam über eine Leitung aus dem Keller. Auf den Böden und an den Wänden reihten sich Paletten mit leeren Flaschen und Kartonagen aneinander und übereinander.

Katharinas Mutter, eine schlanke, drahtige Frau, trug Arbeitskleidung und hatte darüber eine Schürze gebunden. Als Katharina und Norbert eintraten, drehte sie sich um. Norbert schaute in ein Gesicht, dem man sein langes und intensives Arbeitsleben wenig ansah. Indessen, ihre Haare waren ergraut und sie hatte sie hinter dem Kopf zusammengebunden. Sie musterte Norbert, der etwas Skepsis in ihrem Blick zu erkennen meinte.

„Das ist Norbert Renner aus Berlin, Mutter, ich habe dir gestern von ihm erzählt. Und das ist meine Mutter, wir sind gerade dabei, den letzten Silvaner aus 2009 abzufüllen." Sie gaben sich die Hand.

„Natürlich sind Sie bei uns zum Mittagessen eingeladen, Herr Renner. Gehen Sie man mit Katharina ins Haus, ich ziehe mich schnell noch um." Als sie zurückgingen, bemerkte Katharina: „Sie ist noch voll fit, anders hätten wir die Arbeit nicht geschafft und unser Weingut gäbe es nicht mehr."

Während des Essens unterhielten sie sich über das Weingut. Adelheid Bachner nahm das Wort.

„Uns gibt es hier in Iphofen seit etwa 200 Jahren, weiter können wir unsere Geschichte nicht zurückverfolgen. Das Gut hat mehrfach den Namen gewechselt, blieb aber immer in der Familie. Es gab gute und schlechte Zeiten. Die größte Krise hatten wir um die Jahrhundertwende zum zwanzigsten Jahrhundert, als die Reblaus unsere und fast alle Bestände in Franken vernichtete. Es ging nur langsam wieder aufwärts, doch dann kamen der Erste Weltkrieg und die Weltwirtschaftskrise, bald danach der Zweite Weltkrieg. Ich habe davon zum Glück nichts mitbekommen und weiß das nur aus den Erzählungen meiner Eltern und Schwiegereltern. In diesen Zeiten mussten sie sich wie die meisten anderen Weinbauer von Iphofen einen Nebenerwerb suchen, um über die Runden zu kommen. Richtig gut ging es uns dann seit den fünfziger Jahren, jedenfalls, solange mein Mann noch lebte. Danach stand ich mit Katharina und Susanne, Katharinas Schwester, allein. Doch trotz allem haben wir es noch einigermaßen zusammen geschafft, weil die Mädels mit anpacken konnten. Leider ist Susanne nach dem Abitur ins Ausland gezogen und seither machen wir alles zu zweit. Wie lange das noch gut geht, wissen wir nicht."

Norbert fragte sich, ob Adelheid Bachner wusste, dass er einmal eine Beziehung zu ihrer Tochter Susanne gehabt hatte. Er erkundigte sich: „Haben Sie denn keine weitere Hilfe?"

„Doch, aber nur Saisonkräfte. Wir arbeiten mit Ungarinnen zusammen, die bei der Weinlese helfen, manche auch ein paar Tage beim Frühjahr- oder Sommerschnitt. Sie sind zwar teurer als andere ausländische Hilfskräfte, verstehen aber mehr vom Weinbau, und darauf legen wir Wert. Mit Saisonkräften arbeitet hier übrigens fast jeder."

Nach dem Essen brachen Katharina und Norbert auf, um die Weinflächen des Gutes anzuschauen. Ihr Weg führte sie durch das Rödelseer Tor den Schwanberg hinauf, einen der höchsten Berge des Steigerwaldes. Norbert kam ins Schwitzen, während Katharina leichtfüßig wie eine Ziege die steilen Wege nahm. Der gesamte Hang war mit Reihen von Reben bepflanzt, die sich über die volle Sichtweite erstreckten. Kurz vor dem Waldrand des Höhenrückens wies Katharina nach rechts und links.

„Das ist alles Julius-Echter-Berg, unsere beste Lage. Wir haben hier fünf Hektar, das ist unser größtes Plus. Der Weinberg ist eine Spitzenlage für Silvaner und Riesling in Franken. Neben dem Silvaner haben wir deswegen auch etwas Riesling angebaut. Oberhalb der Weinberge liegt ein warmes Naturschutzgebiet mit Halbtrockenrasen, vielleicht nützt es auch dem Klima für die Reben. Hier gibt es seltene Pflanzen und Tiere."

„Und was liegt dahinter?"

„Wald. Meistens Buchen. Ein Stückchen weiter steht mitten im Wald ein Schloss mit einem alten Park."

„Wer ist der Besitzer? Die Fürsten von Castell?" Katharina lächelte.

„Diesmal nicht. Das Schloss gehört evangelischen Nonnen. Sie machen Einkehrtage, soziale Projekte und Tagungen. Und nun ruhen wir uns da aus, wo wir mit unseren Saisonkräften zwischendurch Pause machen."

Katharina ging zu einer winzigen Hütte, ähnlich einem Gartenhaus. Darin standen ein Tisch und drei einfache Bänke. Sie setzten sich. Der Blick ins Maintal war grandios. Es war, als ob sich die Weinberge wie ein Teppich über den Hang zogen und in der Ebene ausliefen. Die Städtchen, Iphofen, Rödelsee und Mainbernheim lagen wie bunte Haufen in der Gegend, Iphofen sah man, wie es sich mit seiner Mauer umgürtet hatte. In der Ferne leuchtete silbrig der Main mit seinen Windungen, Kitzingen erschien dämmernd im Hintergrund.

Schließlich verträumte sich der Blick in der Ferne.

Ein leichter Wind ging. Es war ein gesunder Wind, der Norberts Körper wohltuend durchpustete und reinigte und seine Sinne in ungewohnter Weise anregte, im Gegensatz zum Kreuzberger Regenwind.

Beim Blick über die Mainlandschaft verschwand allmählich Kreuzberg aus Norberts Wahrnehmung, wie ein sich verkriechendes großes, schwarzes Insekt. Er war sich im Moment nicht bewusst, dass es nur in Lauerstellung lag.

Wie automatisch legte Norbert seinen Arm um Katharina. Sie rückte dichter zu ihm hin. Als er ihre Wärme spürte, schaute er sie lange an. Sie hielten beide an ihren Blicken fest, er meinte, er selbst habe eine unbewegliche Miene aufgesetzt, doch es schien nicht so zu sein. Katharina blickte ihn erst etwas erschreckt an, doch dann glitt ihr Blick in ein Lächeln hinüber, das zugleich etwas Forderndes hatte. Norbert dachte nicht mehr nach. Er zog ihren Kopf zu sich hin, sie öffneten ihre Lippen und versanken ineinander. Solange er denken konnte, hatte er noch nie so lange in einem Kuss verweilt. Norbert stand auf und ging nach draußen. Katharina verblieb.

Als er aus der Hütte trat, schaute er auf die Reben. Sie hielten sich noch verhalten. Doch die Sonne beschien ihre dicken Knospenknubbel und würde dafür sorgen, dass bald aus ihnen ein Fest der Fruchtbarkeit und der Sinne sprießen würde, so ungefähr, wie es ihm gerade vorgekommen war, als er neben Katharina saß. Er schaute sich ein paar Weinblätter genau an, die sich schon aufgefaltet hatten. Ein Weinblatt mit seiner ausdrucksvollen Form hatte ihn schon immer an ein Gesicht erinnert, er wusste nur nicht, an welches.

Doch jetzt, in diesem Moment, klärte es sich wie der Himmel über dem Main: Weinblätter haben ein Schalksgesicht. Manchmal ist es gerade, manchmal liegt es quer oder steht auf dem Kopf. Es bildet meistens Löcher und damit tiefliegende, oft traurige Augen. Auf dem Kopf hat es eine nach zwei Seiten sich neigende Narrenkappe. Und seine seitlichen Ausläufer sind große, zerrissene Ohren.

Katharina sann nach.

Als sie in Kreuzberg Norbert traf und feststellte, dass er derjenige war, dessentwegen ihre Schwester so gelitten hatte, war eine schwelende Wut in ihr hochgekommen. Sie konnte sich noch erinnern, wie Susanne tagelang heulend herumgelaufen war, als Norbert sie verlassen hatte. Später, als sie bei ihm und Andy wohnte, ging die Wut langsam zurück, kam aber wieder, als sich der Zeitpunkt ihrer Rückkehr nach Iphofen näherte. Und genau in dieser Zeit hatte sie sich noch hinreißen lassen, mit ihm in das Bett zu steigen, oder war das etwa auch noch von ihr ausgegangen? Kreuzberger Durcheinander.

Jedenfalls steigerte sich ihre Wut damals so grenzenlos, dass sie auf die dumme Idee mit dem Streich in dem Laden gekommen war. Und jetzt? Norbert schien ihr das verziehen zu haben, wenigstens ein guter Zug von ihm. Und was gerade passiert war, passte zwar überhaupt nicht, doch eigenartigerweise war es in gewisser Weise doch richtig. Jedenfalls fühlte sie sich im Moment ganz wohl. Manchmal geschehen Dinge, die man überhaupt nicht erwartet hätte, irgendwie werden sie wohl ihren Sinn haben.

Sie gingen nun langsam über den Hang zurück. Katharina zeigte Norbert die anderen Teilstücke, welche zum Weingut Bachner gehörten und erklärte ihm, dass sie mit Riesling, Müller-Thurgau und Spätburgunder bestockt seien. Anschließend sahen sie sich noch auf dem Hof der Bachners um. Katharina führte ihn in einen weiträumigen Gewölbekeller, der unter dem Wirtschaftsgebäude lag und dessen Grundfläche die Grundfläche des Gebäudes zu übertreffen schien. In ihm standen mehrere Edelstahltanks und eine Reihe großer, alter Holzfässer.

„Den Weißwein bauen wir schon lange in Edelstahltanks aus, der Spätburgunder reift konventionell in Holzfässern", bemerkte Katharina.

Später gingen sie noch in Iphofen spazieren. Das Städtchen machte einen blankgeputzten Eindruck; das gute Wetter hatte anscheinend schon Touristen angelockt, die sich umschauten und manchmal bei Weingütern Wein einkauften. Vor diesen standen schon teilweise Stühle und Tische. Am Marktplatz setzten sie sich auf eine Bank und schauten ein paar Kindern beim Ballspielen zu.

Norbert dachte an das einsame Mädchen in Kreuzberg, welches mit einem Ball an der Emmauskirche in Kreuzberg gespielt hatte, an einem trüben und dunklen Herbsttag. Trüb schien auch damals ihre Stimmung gewesen sein, denn sie hatte ihn nicht angelächelt, als er ihr den Ball zurückwarf, den sie verloren hatte. Es war genau an dem Tag gewesen, als er Katharina im „Schlesischen Eck" kennengelernt hatte.

Er legte seinen Arm um ihre Schultern. Eine alte Frau, die vorbeikam, schaute neugierig zu ihnen hin. Katharina stand auf.

„Komm, wir wollen meine Mutter nicht so lange allein lassen."

Als sie das Haus betraten, wollte Norbert sich verabschieden, um nach Ochsenfurt zu seinen Eltern zu fahren. Adelheid Bachner hielt ihn zurück.

„Es ist jetzt acht Uhr, Herr Renner. Ich habe Abendbrot für uns alle vorbereitet und schon eine halbe Stunde gewartet. Sie müssen mit uns essen." Norbert dankte und setzte sich mit den beiden Frauen zu Tisch.

Katharina holte je eine Platte mit fränkischen Wurstspezialitäten und verschiedenen Käsesorten aus der Küche. Dazu aßen sie Bauernbrot und tranken Weißwein, den Adelheid Bachner ihnen aus einer kalten Tonkanne in einfache Trinkgläser füllte. Er moussierte etwas und schmeckte hervorragend. Katharina lächelte.

„Das ist der frische Silvaner aus 2009, den wir gerade abfüllen."

„Vom Julius-Echter-Berg?" Katharina nickte. „Trink so viel Wein, wie du möchtest. Nebenan haben wir schon eines von unseren Zimmern für dich zurechtgemacht." Adelheid Bachner bemerkte:

„Ich bin sowieso davon ausgegangen, dass Sie bei uns übernachten, Herr Renner!"

Norbert nahm dankend an. Es wurde ein angenehmer Abend, die Frauen erzählten noch viel über das Weingut und Iphofen und Norbert stellte zwischendurch betriebswirtschaftliche Fragen, die sie ihm ausführlich beantworteten. Irgendwann ging Adelheid Bachner zu Bett und Katharina führte ihn zu seinem Schlafzimmer, einem Doppelzimmer im oberen Stockwerk des Nebengebäudes. Es war eines von vier Doppelzimmern, welche während der Weinlese von den ungarischen Frauen, den Saisonarbeiterinnen der Bachners, bewohnt wurden. Ein Bad besaß es nicht. Katharina zeigte ihm das Gemeinschaftsbad auf dem Flur und verabschiedete sich von Norbert.

Als Norbert im Bett lag, dachte er nach.

Das Weingut begann ihn zu interessieren. Es war alles ganz ähnlich wie mit dem Wilmersdorfer Feinkostgeschäft; Potenzial war da, doch es wurde nicht genutzt. Katharina hatte es irgendwie verstanden, seine Neugier und seinen Ehrgeiz zu wecken. Er rief Andy an und erzählte ihm alles.

„Kannst du mich noch einmal für zwei Tage vertreten, Andy?"

„Natürlich, aber warum?"

„Ich möchte den Bachners helfen."

„Und wer sind die Bachners?"

„Das ist die Familie von Katharina, die mit den Dreadlocks, die wirst du ja wohl kennen. Sie haben ein Weingut hier in Franken und kriegen das nicht mehr so richtig hin. Ich schau mir ihre Bücher an und versuche, ihre Probleme zu lösen. In drei Tagen bin ich wieder zurück."

„Und wenn sie das nicht wollen?"

„Das wollen sie bestimmt."

„Übernimm dich nicht, wir haben auch ein Geschäft!" Norbert beruhigte ihn.

Als er am nächsten Morgen allein mit Katharina am Frühstückstisch saß und die Mutter schon nach nebenan gegangen war, bot er ihr an, mit ihr zu besprechen, was er sich in der Nacht zuvor überlegt hatte. Katharina hörte ihm zu.

„Ich hatte gehofft, dass du uns helfen würdest. Ich kenne mich im Weinbau aus, doch meine betriebswirtschaftlichen Kenntnisse sind nur mäßig. Ich könnte dir um den Hals fallen, doch das hast du bei mir ja schon gestern getan." Norbert lachte. „Wenn es sich ergibt, kannst du es ja nachholen."

In den nächsten beiden Tagen setzte er sich in das Büro des Weingutes und arbeitete die Akten durch. Als er damit durch war, setzte er sich wieder nach dem Frühstück mit Katharina zusammen.

„Was eure Bilanz betrifft, seht ihr gar nicht so schlecht aus. Es gibt nicht viele Außenstände und Schulden habt ihr auch nicht. Schlechter sieht es aus, wenn man eure eigene Arbeitskraft einrechnet. Sie ist unterbezahlt und der Wert des Weingutes bringt so gut wie keine Rendite; ich habe im Moment aber keine Ahnung, wo er angesiedelt sein könnte."

Katharina zuckte mit den Schultern. „Ich auch nicht, ich weiß nur, dass sich im Moment Weingüter in Franken von unserer Größe schlecht verkaufen lassen."

„Selbst wenn das der Fall sein sollte, gibt es immer noch den Wert für eure Immobilien und Grundstücke. Auch der muss verzinst werden. Ich brauche mehr externe Informationen, die kann ich mir besser in Berlin verschaffen. Auf alle Fälle braucht ihr ein ganz neues Vermarktungskonzept, mit dem ihr euren Mitbewerbern hier im Ort einen Schritt voraus sein könntet. Ich kümmere mich darum. Und jetzt fahre ich. Ich komme zurück!"

„Hoffentlich." Katharinas Mutter kam dazu. Er verabschiedete sich, gab Katharina einen Kuss auf die Wange und setzte sich in das Auto.

Als Norbert nach Berlin zurückfuhr, schien es ihm, als ginge ihm das Bild nicht aus dem Kopf, das sich in der letzten Woche bei ihm eingenistet hatte, wie ein Überfall.

Das Bild hatte Katharina erzeugt, mit ihr selbst ganz oben, darunter die fränkische Weinlandschaft – ihre gemeinsame Heimat –, das Frühlingswetter, die milde Stimmung und das Aufknospen der Reben. Allerdings hatte Katharina ihre Probleme mit dem Weingut darauf gepfropft.

Er wurde unmutig. Höchste Zeit, wieder in Kreuzberg zu sein.

Gundel und Andy waren in der Wohnung. Norberts erste Frage galt dem Laden.

„Bist du klargekommen? Gab es was Besonderes?" Andy strahlte.

„Lief alles bestens. Gundel hat mir geholfen!" Er schaute sie stolz an. Gundel lachte fröhlich. „Ich hab in der Praxis ein bisschen abgeklemmt, muss auch mal sein. Die Arbeit in eurem Laden hat mir Spaß gemacht. Am meisten die Gespräche mit euren Kundinnen, den aufgeblasenen Ehefrauen. Sie hielten mich für eine Feinkostverkäuferin, war ich ja tatsächlich an diesen Tagen. Ich will mal gerecht sein, es waren auch ein paar Nette dabei."

Norbert ging zum Kühlschrank. Er war voll, mit Delikatessen aus dem Laden. Er machte sich einen Teller zurecht und setzte sich mit einem Glas Wein an den Tisch zu Gundel und Andy.

„Ist bei uns plötzlich der Wohlstand ausgebrochen?" Gundel legte den Kopf schief und schaute ihn mit zärtlicher Ironie an.

„Das ist mein Arbeitslohn, den du hier verfrisst. Ausnahmsweise gestatte ich dir das."

Später landeten sie im Schlesischen Eck.

Sie trafen Milla, auch Till war mit seiner Freundin Sandy da. Norbert trank reichlich Bier und Schnaps, willkommene Abwechslung nach dem vielen Wein in Frankfurt und Iphofen. Als sie nach Mitternacht zurück zum May-Ayim-Ufer gingen, entdeckte er in der Bevernstraße ein zusammengeknülltes Fahrrad unter einem Baum. Eine schwarzgraue Nebelkrähe machte sich über eine Brötchenhälfte her, die wohl ein Kunde des Burgerladens weggeworfen hatte. Er war wieder zu Hause.

Wenn Norbert nicht im Laden war, kümmerte er sich manchmal um Katharinas Weingut und dessen Perspektive, so wie er es ihr versprochen hatte. Er hatte sich Notizen mit den betriebswirtschaftlichen Zahlen gemacht, die er nun durcharbeitete. Von Zeit zu Zeit rief er Katharina an, wenn er noch zusätzliche Auskünfte benötigte. Zusätzlich hatte er eine Liste Berliner Restaurants aufgestellt, mit denen der Feinkostladen zusammenarbeitete. Er kannte einen kleinen selbständigen Kreuzberger Designer, von dem er sich Entwürfe zu Weinetiketten machen ließ. Mit diesen Unterlagen und seinem Laptop setzte er sich an den Küchentisch.

Durch das Fenster schaute er auf die Spree. Es wurde langsam sommerlich; die Zahl der Ausflugsschiffe, die vorbeifuhren, nahm zu. Das österreichische Restaurant am Spreeufer unterhalb der Straße hatte Stühle und Tische herausgestellt, die abends bis auf den letzten Platz besetzt waren. Wenn er das Fenster öffnete, streifte ihn ein milder Lufthauch. Über die Oberbaumbrücke huschten Autos und gingen Spaziergänger entlang, auf dem Weg zu einem Konzert in der Arena auf der anderen Seite.

Im Bergmannkiez gab es ein frühsommerliches Fest in dem Hinterhof, an dem er und Andy früher gewohnt hatten.

Gundel, Andy und Norbert gingen hin. Wortfetzen waren vernehmbar; die Stimmen klangen nach sommerlicher Beiläufigkeit. Die Hausgemeinschaften hatten einfache Tische und Bänke hinausgestellt. Schwaden vom Grill zogen durch die Luft und erweckten mit ihrem Geruch nach Steaks und Bratwürsten Appetit. Das Bier lief aus einem großen Fass. Viele ihrer früheren Nachbarn waren dabei, so Harald mit seiner Frau, der üppigen schwarzen Gesa. Auch Dave, den motorradfahrenden Antiquitätenhändler in seinem Rockerkostüm und Milla sahen sie. Dietmar Krüger, ein Original aus ihrer Kiezzeit, saß an der Stirnseite eines Tisches. Dietmar war Lehrer, schon dicht an der Pensionierung. Ursprünglich hatte er in Berlin-Zehlendorf gewohnt; nach seiner Scheidung vor etwa zehn Jahren wohnte er allein in einer einfachen Wohnung in Kreuzberg. Er trug immer das gleiche: Jeans, ein weißes, jetzt etwas angegrautes Hemd und eine lange Cordjacke, die langsam zu müffeln anfing. Doch seinen grauen Vollbart hatte er sorgfältig gestutzt, sodass er wie angesetzt wirkte.

Zu fortgeschrittener Stunde gab Andy eines seiner Zauberkunststücke zum Besten. Zu diesem Zweck setzte er sich eine Baskenmütze auf, schlang ein rotes Tuch um den Hals und klebte sich einen schwarzen Schnurrbart über die Oberlippe.

„Mesdames et Messieurs, isch machen jetzt eine kleine Sauberei. Zuerst isch muss wissen, wer unter Ihnen hat préférence für Schnaps." Andy schaute in die Runde. „Rien du tout, niemand? Dann isch muss machen enquête criminelle." Er ging durch die Reihen, richtete einen scharfen Blick auf die Kleidung und Taschen der Besucher und steuerte schließlich Gesa an. Aus ihrer Handtasche zog er eine Flasche Wodka. Gesa war so überrascht, dass es ihr die Sprache verschlug. Andy schaute sie strafend an.

„Madame, isch muss fürschten, Sie sind eine eimlische Trinkerin!" Alle lachten laut. Andy nahm die Flasche und stellte sie auf den Tisch. Dann zog er seine Baskenmütze ab und legte sie daneben. Als er sie wieder aufhob, kam ein Schnapsglas darunter zum Vorschein. Er tat erstaunt.

„Isch nicht wissen, wo kommt Schnapsglas her, doch passt gut, um sich einzuschenken eine petite Schluck!" Er goss das Schnapsglas voll und verdeckte es mit der Baskenmütze. Als er sie wieder hochhob, war das Schnapsglas weg.

„Quel malheur, Schnapsglas ist perdú! Muss noch einen eimlischen Trinker geben, der es mir at weggesaubert!" Er fasste sich an die Stirn und ging langsam durch die Reihen. Jedem der Besucher schaute er forschend in das Gesicht. Bereits jetzt war die anhaltende Heiterkeit der Feierrunde nicht mehr aufzuhalten.

Bei Dietmar Krüger machte er länger Halt.

„Isch aben in Verdacht den Mann mit die schöne Bart."

Er zog aus der Tasche von Dietmars Cordjacke ein gefülltes Schnapsglas heraus. Dietmar schaute ihn verblüfft an. Andy richtete seinen Zeigefinger auf ihn.

„Das sein doch der zweite eimlische Schnapstrinker!" Die Leute klatschten wie wild. Andy ging zu seinem Tisch und stellte das Schnapsglas darauf. Dann zog er wieder seine Baskenmütze vom Kopf und legte sie darüber. Als er sie hochhob, war ein zweites gefülltes Schnapsglas darunter. Ein Raunen ging durch die Reihen, danach ein Beifallssturm.

Andy hob seine Hände mit den gefüllten Schnapsgläsern und drehte sich, damit es auch alle sahen.

„Nun isch muss versöhnen mich mit die eimlische Trinkerin." Er ging zu Gesa, sie prosteten sich zu und tranken die Gläser leer. Andy umarmte sie und gab ihr einen Kuss auf die Wange, was sie mit Wohlgefallen quittierte.

Natürlich wurde sofort der Ruf laut nach weiteren Zaubertricks. Andy ließ sich nicht darauf ein, Norbert wusste das. Ein erster Trick sei niemals mehr zu toppen, hatte Andy ihm gesagt. Alles andere nachher würde die ganze Vorstellung verwässern. Selbst Norbert hatte keine Ahnung, wie Andys Tricks funktionierten.

In der nächsten Woche merkte Norbert, dass Andy meistens schlechte Laune hatte.

„Was ist los, Andy?"

„Gundel ist weg. Sie ist zu einer medizinischen Fortbildung gefahren." Stimmt, er hatte Gundel schon mehrere Tage nicht mehr gesehen, fiel ihm ein.

„Was ist daran so schlimm?"

„Sie ist nicht allein gefahren, sondern zusammen mit einem Kollegen."

„Ich wiederhole meine letzte Frage."

„Wer weiß, was die beiden miteinander treiben!" Norbert konnte es nicht fassen. Er klopfte sich auf die Schenkel.

„Du bist ja eifersüchtig, Andy!"

Andy schaute böse zu ihm herüber.

Eine Woche später kam Gundel zurück.

Norbert sprach sie auf die Fortbildung an. Gundel erklärte ihm:

„Na hör mal, es ist ganz normal, wenn ich zu einer Fortbildung fahre. Mediziner sind sogar dazu verpflichtet. Diesmal fand sie in Wiesbaden statt."

„Ich habe von Andy gehört, dass du nicht allein gefahren bist!" Gundel schaute ihn prüfend an und lachte dann schallend.

„Das war ein Kollege von mir, ein alter Bekannter und Studienkamerad. Wir fahren immer zusammen. Und was Andy betrifft, so höre:

„Das ist Gegenwehr. Ich muss Andys Akku ständig aufladen. Irgendwann werde ich eine alte Frau sein, mit Falten überall und meine Brüste werden in den Sinkflug gehen. Dann interessiere ich ihn nicht mehr und ich möchte diesen Zustand nach Möglichkeit hinausschieben."

Norbert fasste nach.

„Habt ihr zwei Einzelzimmer oder ein Doppelzimmer gehabt?"

Gundel stutzte. Sie lehnte sich zurück, richtete ihre Augenbrauen auf, der zweite Lachanfall kam.

„Das werde ich dir grad noch sagen!"

Der Sommer durchdrang nun Kreuzberg, er leuchtete in die dunklen Ecken zwischen den engstehenden Mietshäusern mit ihren Hinterhöfen, ließ die zarten Blüten des Unkrautes sich recken und schickte seine Wärme in die Körper und Seelen der Menschen und Tiere. Andy fehlten wegen der Bühnenpause die Engagements; er wurde unleidlich, was wiederum Gundel aufregte, deren Praxis schnurrte, mehr, als ihr lieb war. Sie legte mütterlich ihren Arm um ihn – ein Wagnis, denn er hasste alles, was ihn daran erinnern könnte, dass sie älter war als er. Sie versuchte, ihn zu beruhigen.

„Nun sei mal zufrieden, erst mal verdienen wir genug und du bist doch auch mit deiner Kohle dabei, durch den Laden!" Norbert konnte sich nicht zurückhalten, gluckste vor sich hin und machte einen Vorschlag:

„Wir haben vielleicht etwas Neues!"

„Und was?" Zweistimmige, verdutzte Frage.

„Na ja, Katharinas Weingut. Es hat nach allem, was ich in Erfahrung bringen konnte, ein hohes Potenzial, jedenfalls, was seine Weine betrifft. Die Rebflächen liegen auf einem Terroir, das zu den Spitzenlagen für Silvaner in Deutschland gehört – was heißt in Deutschland, außerhalb von Deutschland wird kaum Silvaner angebaut. Das ist ein Alleinstellungsmerkmal, mit dem kann man werbetechnisch arbeiten. Davon haben Katharina und ihre Mutter, die das Weingut allein mühsam über Wasser halten, keine Ahnung. Und an dieser Stelle könnten wir ins Spiel kommen."

„Und wie stellst du dir das vor?"

„Bringt mir erst einmal den Wein, den ich im Kühlschrank ganz nach hinten gestellt habe."

Andy wühlte sich durch den Flaschenwald und förderte eine Flasche „Iphöfer Julius-Echter-Berg, Silvaner Kabinett, 2008, Weingut Bachner", zutage.

„Mach ihn auf und schenk uns ein!"

Er schmeckte köstlich, mit seiner verhaltenen Fruchtigkeit und einer unaufdringlichen Restsüße, obwohl er als „trocken" etikettiert war.

„Ist wirklich spitze!" Andy wirkte versonnen, nachdem er probiert hatte.

„Den Wein hat Katharina gemacht. Er ist ihr Trumpf, sie weiß es nur nicht", sagte Norbert, den ein Anflug von Stolz streifte. „Es wäre kein Problem, seine gesamte Menge allein hier in Berlin zu vermarkten. Das Weingut ist nicht sehr groß und mit unserem Laden und unseren Beziehungen zu den Restaurants kriegen wir das hin." Andy schaute ihn forschend an, mit einer Portion belustigter Skepsis in seinem Blick.

„Kommt mir etwas seltsam vor, in welcher Weise du dich um Katharinas Probleme kümmerst. Hast du …"

Norbert unterbrach ihn.

„Nein, ich habe nicht. Muss das immer sein? Und nun zum Kern: um das Weingut wieder in Schwung zu bringen, muss eine Mehrfachstrategie gefahren werden. Das Erste betrifft das Marketing. Die Familie Bachner fährt damit seit Jahrzehnten auf dem gleichen Zug; alles bieder und hausbacken. Angefangen von den Weinetiketten bis zu den Flyern und der Einrichtung ihres Werbestandes braucht es einen Neuanfang, um Jüngere anzusprechen. Der Silvaner hat sowieso den Nachteil, dass er keine ausgesprochene Modesorte ist, das muss sich ändern und wird es, wenn die Kunden erst mal dahin kommen, seine Qualität zu schmecken und zu spüren, wie sie die guten Lagen erreichen."

„Und was haben wir beide damit zu tun?", fragte Andy.

„Eine ganze Menge. Wenn ich Katharina helfe, werde ich öfter hinfahren müssen. Und dann fehle ich im Laden. Das heißt, Andy müsste den Laden dann allein führen, sofern du ihm nicht hilfst, Gundel. Das machen wir alles natürlich nicht aus Nächstenliebe. Katharina muss uns eine Beteiligung an ihrem Weingut einräumen, das wird sie sicherlich tun. Somit könnten wir den Geschäftsbereich der Firma „Feinkost Renner" um den Teilbesitz eines Weingutes mit hohem Potenzial erweitern. Was ist dagegen einzuwenden?"

„Mein Beruf."

Andy schaute unglücklich. „Und außerdem gehört mir von dem ganzen Kram nichts." Norbert sah ihn an, mit einer Mischung aus Bedauern und Belustigung.

„Wenn du mal in deine Verträge geguckt hättest, die wir miteinander geschlossen haben, wäre dir vielleicht aufgefallen, dass du bereits jetzt Teilhaber der Firma „Feinkost Renner" bist, wenn auch ohne Kapitaleintrag. Das können wir buchhalterisch ändern, und natürlich würdest du auch an dem Weingut beteiligt sein, genauso wie ich!" Gundel lenkte ein.

„Er ist Schauspieler, Norbert, und will und soll es auch bleiben. Was mich betrifft, ich hänge nicht so an meinem Beruf wie Andy. Ich bin gerade dabei, die Praxis umzubauen, was ihren Status betrifft. Zusammen mit zwei Kolleginnen will ich eine Gemeinschaftspraxis oder ein MVZ aus ihr machen. Wenn das klappt, könnte ich mit Andy in euer Geschäft einsteigen und dann müsste so etwas möglich sein, wie du es dir vorstellst." Norbert war überrascht.

„Und warum tust du das?"

„Hat mehrere Gründe. In den letzten Jahren ist mir mein Beruf manchmal ziemlich auf die Nerven gegangen. Hab keine Lust mehr, mir von morgens bis abends das Patientengebärmel anzuhören. Ich brauche etwas Abwechslung."

„Gebärmelt wird überall."

Gundel schränkte ein.

„Schon, aber wohl nicht so viel in einem Feinkostladen." Norbert legte seinen Kopf schräg und schaute Gundel ironisch an.

„Das hört sich aber nicht so sehr nach Berufung an, Gundel!"

„Glaubst du etwa, ich bin aus Berufung Ärztin geworden? Wenn in diesem Zusammenhang das Wort Berufung fällt, ist das meistens Heuchelei oder Einbildung. Die wenigen, die wirklich berufen sind, gehen in die ärmeren Länder und bleiben nicht in Deutschland mit seiner medizinischen Überversorgung. In unserem Beruf ist es wichtig, sich auch persönlich wohlzufühlen. Ein unzufriedener oder überlasteter Arzt bringt keinem Patienten etwas. Und ich fühle mich wohler, wenn ich nur einen Teil meiner Arbeitszeit in der Praxis verbringe. Ich steige ja nicht aus. Ob du es glaubst oder nicht, ich mag meinen Beruf und gerade darum möchte ich ihn auf Dauer nicht von morgens bis abends ausüben." „Dann klappt doch alles, was ich euch vorgeschlagen habe. Es ist schönes Wetter, wir sollten ausgehen und das feiern!" Andy war noch nicht zufrieden. „Mich hast du noch gar nicht gefragt." „Dann tue ich das jetzt."

„Ich mache mit!"

Die Ankerklause, die sie als erstes angesteuert hatten, war draußen bis auf den letzten Stuhl besetzt. Auch bei den anderen Kneipen und Restaurants am Landwehrkanal fanden sie nichts mehr. Dagegen hatte der Grieche in der Böckhstraße mehrere lange Tische herausgestellt, sodass sie Platz fanden. Die Straße wurde dadurch so verschmälert, dass ein größeres Auto nur knapp neben den Tischen hindurch passte.

Sie genossen die überdurchschnittliche griechische Küche des Restaurants, tranken Bier aus großen Krügen und kleine Schnapsgläser mit Ouzo und nahmen mit allen Sinnen wahr, wie das fröhliche Lachen der Gäste von den gründerzeitlichen Fassaden in der Straße widerhallte. Bis in die Dunkelheit hinein segelten Schwalben durch den Himmel, wo haben sie bloß ihre Nester, sagte Gundel, gibt doch keine Ställe in Kreuzberg? Gab es aber mal, in den Hinterhöfen, da wurden Milchkühe gemolken, für die frische Milch, vielleicht haben die Schwalben noch nicht gemerkt, dass die weg sind, antwortete Andy.

Kreuzberg vom Feinsten, dachte Norbert, und er wischte aus seinem Kopf, dass er Katharina versprochen hatte, in der nächsten Woche zu ihr zu fahren.

Nachher gingen sie noch eine Weile am Landwehrkanal entlang, Gundel hakte sich zwischen den Männern ein. Es war einer der wärmsten Sommerabende in diesem Jahr und so kamen die Mücken nicht zur Ruhe und zwangen sie schließlich, eine Taxe zu rufen, sodass sie kurz danach todmüde in ihren Betten in der Wohnung am May-Ayim-Ufer versanken.

Am nächsten Tag rief Katharina an. Es sei auch in Franken sehr heiß und trocken und sie müssten im Moment noch nicht so viel schneiden, weil die Triebe nur langsam wüchsen. „Kannst du nicht schon in den nächsten Tagen kommen? Es passt gerade ganz gut, wir haben jetzt etwas Zeit."

Norbert berichtete ihr in kurzen Worten von dem Gespräch, das er am Abend vorher mit Gundel und Andy geführt hatte. Er spürte durch das Telefon, wie Katharina mit äußerster Konzentration zuhörte.

„Ich werde gleich Andy fragen, ob er in der nächsten Woche den Laden übernehmen kann. Er hat zurzeit kein Engagement und im Laden ist auch nicht so viel zu tun, die Kunden sind im Urlaub." Andy war zuhause und erklärte sich einverstanden. Sie verabredeten sich und drei Tage später fuhr Norbert nach Iphofen.

Er kam gegen Mittag in einem sommerschläfrigen Städtchen an. Kaum ein Mensch war in den Straßen zu sehen, die Läden hatten während der Mittagspause geschlossen. Ein alter Hund lag neben dem Haus der Bachners in einem Hofeingang, hatte die Schnauze auf seine Pfoten gelegt, Fliegen umsummten ihn.

Norbert drückte die Klinke der Haustür. Die Tür war verschlossen. Vom Hof her hörte er Geräusche, die aus dem Nebengebäude kamen. Er ging hinein und erblickte Adelheid Bachner, die sich an den Geräten zu schaffen machte. Sie schaute auf, sie begrüßten sich.

„Wenn Sie Katharina suchen, gehen Sie zum Kalb, ein Nachbar hat uns angerufen und vor dem Mehltau gewarnt, seine Reben seien schon befallen."

„Wieso zum Kalb?" Adelheid Bachner lächelte.

„So heißt ein Weinberg, nicht weit von hier." Sie beschrieb ihm den Weg. Schon von weitem sah er Katharina zwischen den Reben umher klettern, manchmal riss sie eine Traube oder ein Blatt ab und hielt es vor die Augen und die Nase. Er ging auf sie zu, sie umarmten sich. Als sie losließen, ging er einen Schritt zurück und schaute sie sich an.

Sie sah braungebrannt, glücklich und entspannt aus, sehr attraktiv mit den langen blonden Haaren, zwischen denen helle, von der Sonne gebrannte Strähnchen hervor blitzten. Kein Vergleich zu dem blassen Geschöpf mit den stumpfen Dreadlocks, wie er sie im letzten Jahr kennengelernt hatte. Er überlegte, ob ihre Wiedersehensfreude an dem Gespräch lag, das er zuletzt mit ihr geführt hatte oder freute sie sich über ihn persönlich? – bist wieder in Versuchung, dir zu viel einzubilden, kam es ihm in den Sinn.

„Freust du dich, Katharina?"

„Ja, und wie! Wir haben keinen Mehltau wie der Nachbar. Der Riesling wird werden. Sag es nicht weiter, wahrscheinlich liegt es daran, dass ich vor dem letzten Winter gespritzt habe."

Katharina ging weiter, er folgte. Nach einer Weile sagte sie:

„Eigentlich müsste ich noch hoch zum Echterberg und nach dem Silvaner gucken. Dazu brauchen wir eine halbe Stunde, meistens bergaufwärts. Wenn du möchtest, können wir aber zurück gehen und ich mache das morgen allein."

„Nein, ich komme mit!"

Sie stiegen den Schwanberg hinauf. Katharina wie immer in munterem Klettermodus, Norbert mühsam hinter ihr her. Wenigstens machte sie manchmal Halt, schaute zurück und wartete auf Norbert, den Kreuzberger, dessen größte fußgängerische Herausforderung der Heimweg von der Kneipe zu seiner Wohnung war.

Sie erreichten die kleine Hütte, in der sie schon im Frühjahr zusammengesessen hatten. Katharina sagte:

„Ich schau schon einmal nach den Reben, du kannst hier Pause machen. In einer Viertelstunde komme ich wieder." Norbert war es recht und er legte sich auf die Bank. Er döste ein. Als Katharina kam, war er schon fast eingeschlafen.

„Rück mal."

Norbert wurde wach und richtete sich auf. Katharina setzte sich neben ihn. Er spürte ihre warme Hüfte.

„Kein Mehltau beim Silvaner, habe ich auch nicht erwartet."

Ihr Sommergeruch streifte ihn, der sich um eine angenehm würzige Schweißnote angereichert hatte. Es machte ihn an. Mein Gott, er hatte gerade wie verrückt geschwitzt, er selbst musste stinken wie ein Bock. Plötzlich fiel ihm ein, wie es damals gewesen war, als sie im Frühjahr hier nebeneinandergesessen hatten.

Er stand auf.

„Es ist warm, unsere Körper brauchen Kälte, Wasser, Schwimmen!"

Sie stand auch auf und fasste ihn an die Hand, sie liefen den Hang hinunter und Norbert, der sich inzwischen von seiner Anstrengung erholt hatte, konnte mithalten. Als sie nebeneinander im Auto saßen, fragte Katharina:

„Wohin fährst du, Norbert?"

„An den Main, nach Marktsteft. Ich kenne da noch ein paar Badestellen, wo niemand sonst hinkommt."

Es war nicht weit. Sie fuhren über Mainbernheim und Michelfeld über eine Ackerlandschaft, zum Teil durch Wald, und erreichten den Stadtrand von Marksteft, wo Norbert in Richtung Hohenfeld abbog. Der Main hatte hier verschiedene kleine Durchlässe zum Ufer hin, die kleine lagunenartige Teiche bildeten und deren Ränder mit Gebüsch und Weiden bewachsen waren. Norbert parkte das Auto, zog sich aus, rannte zu einer sandigen Stelle inmitten eines kleinen Schilfgürtels und warf sich in das Wasser. Katharina zögerte erst.

„Kannst dich auch ruhig ausziehen, wir sind allein", rief er ihr zu. Sie zog ebenfalls bis auf ihren Slip alles aus und folgte ihm mit einem Sprung. Als sie auf ihn zu schwamm gab es plötzlich ein klatschendes, schleifendes Geräusch, vermischt mit quäkigen Tönen: ein paar Wildenten stoben aus dem Schilf, erbost über diese unerwartete Störung. Norbert lachte, als er ihr erschrockenes Gesicht sah und zog sie an sich, sodass er sie dicht an seinem Oberkörper spürte.

Als sie nach Iphofen zum Weingut zurückkamen, war es schon später Nachmittag, noch sehr hell, doch die Hitze des Tages hatte sich zurückgezogen. Katharinas Mutter Adelheid und eine junge dunkelhaarige Frau saßen an einem langen Tisch mit einer Sitzecke, die sich an die Mauer des Nebengebäudes lehnte. Daneben stand ein offener Kamin.

„Das ist Dorottya, unsere ungarische Studentin", bemerkte Katharina. „Sie hilft uns beim Sommerschnitt. Du kannst Deutsch mit ihr sprechen."

Sie setzten sich. Adelheid Bachner holte Gläser, Mineralwasser, eine Karaffe mit Wein und Eiswürfel.

„Wir machen jetzt fliegenden Wechsel", sagte Dorottya. „Nächste Woche kommt meine Freundin Gizella und löst mich ab." Katharina erklärte.

„Der Sommerschnitt besteht daraus, dass wir die Trauben teilweise freilegen, überflüssiges Laub abschneiden und Geiztriebe entfernen. Wie viel das ist, hängt von der Witterung ab. Dazu braucht es eine gewisse Erfahrung. Unsere Ungarinnen haben sie, hoffe ich." Dorottya schaute Katharina an, halb beleidigt und halb belustigt.

„Bei uns gibt es im ganzen Land Weinbau, meistens privat. Mein Onkel lebt davon, obwohl er nur zwei Hektar hat. Im Vergleich dazu seid ihr ein – wie sagt man auf Deutsch – Gigant."

„Sei nett zu ihr", sagte Katharina zu Norbert, „ihr seid jetzt Nachbarn und müsst euch ein Bad teilen."

Nach dem Abendessen zog sich Dorottya zurück. Norbert ging mit und sie zeigte ihm sein Zimmer im Nebengebäude. Nachdem er sich darin eingerichtet hatte, nahm er seine Tasche mit den Akten und Unterlagen. Er ging wieder auf den Hof und setzte sich neben Katharina und Adelheid. Die Frauen hatten sich zurückgelehnt und schauten entspannt in den Himmel, über den kleine Wolken zogen. Norbert schenkte sich ein Glas Weißwein ein.

„Können wir jetzt über euer Weingut sprechen oder hat das noch Zeit?" „Lass uns damit anfangen, wir wollen so schnell wie möglich Bescheid wissen."

„Also, ihr habt einen Trumpf in der Hand, von dem sollte eure Vermarktung ausgehen. Und das ist euer Silvaner vom Julius-Echter-Berg. Der Weinberg ist eine der besten Lagen für Silvaner überhaupt. Von Katharina weiß ich, dass von hier 1953 der Wein für die Krönungsfeierlichkeiten der Queen kam."

95

„Das war aber ein Riesling!"

„Das macht doch nichts. Jedenfalls sollte man diese Tatsache auf jeden Fall bei der Vermarktung eures Weines erwähnen. Natürlich weiß ich, dass der Silvaner bislang kein Modewein ist, das spielt aber keine Rolle, denn die Qualität eures Silvaners ist top. Also empfehle ich euch auf Dauer, die Flächen auf dem Echterberg nur noch mit Silvaner zu bestücken. Und wenn es geht, möglichst nur Kabinettwein oder Spätlese zu erzeugen."

Katharina wandte ein: „Das geht leider nicht. Jede Lese ist anders und manchmal müssen wir eilig ernten."

„Dann versucht es wenigstens. Das ist der erste Punkt. Und der zweite Punkt ist, dass eure Werbestrategie, wenn es überhaupt eine ist, nicht dazu taugt, den Wein vernünftig zu vermarkten. Schaut euch einmal das Etikett für die Bocksbeutelflasche an, das unser Designer entworfen hat." Er legte ein Stück Papier auf den Tisch.

Es war oval, reinweiß und mit großen schwarzen Buchstaben bedruckt und trug untereinander die Aufschriften: „Iphöfer Julius-Echter-Berg, Silvaner Kabinett 2009 trocken, Weingut Bachner, Iphofen." Um das Etikett lief ein streichholzbreiter Goldrand, unter ihn lehnte sich bogenförmig in kleinen Buchstaben die Inschrift „Weinberg für den Wein der Queen". Die Frauen waren perplex.

„Da staunt ihr, was? Wir haben allen überflüssigen Zierrat wie Landschaftsbilder oder Symbole weggelassen. Das Etikett ist bis auf den Goldrand bewusst minimalistisch gehalten, das spricht besonders Jüngere in Großstädten an. Schaut euch die Restaurants und die Wohnkultur in Berlin an, ebenfalls minimalistisch und mit viel Weiß. So wie ihr euch präsentiert, macht das niemanden mehr an, das ist alles viel zu hausbacken."

Er zeigte das rückseitige Etikett. Es trug die übliche Erklärung über Alkoholgehalt und anderes sowie über das Weingut mit Adresse und zusätzlich noch kleingedruckt einen Text über den Krönungswein der Queen von 1953. Auch hier war alles in Schwarzweiß gehalten.

„Natürlich ist dieses Etikett nur ein Teil der Werbestrategie. Alles andere – Flyer, Prospekte, Briefpapier, Website und sogar euer Messestand müssen auf diese Weise aufeinander abgestimmt sein. Ich habe euch eine Mappe mit den Entwürfen unseres Designers mitgebracht, schaut sie euch an. Er hat die Werbung für unser Geschäft erfolgreich entworfen und teuer ist er auch nicht. Ich kenne ihn aus Kreuzberg, er macht uns einen Sonderpreis. Kommen wir zu eurer Website. Abgesehen vom Design ist ihr größter Mangel, dass ihr keinen Onlineshop habt. Das solltet ihr wirklich schnellstens ändern."

„Wir hatten das schon überlegt, sind aber davon abgekommen, weil wir nur zu zweit sind und das nicht mehr schaffen können."

„Und was ist mit den telefonischen Bestellungen? Ihr habt ja noch nicht mal einen Anrufbeantworter. Was glaubt ihr, wie viele Bestellungen euch entgangen sind, weil ihr wegen eurer Arbeit nicht zum Telefon gehen konntet und die Anrufer kein zweites Mal angerufen haben? Im Übrigen sollte es ein Ziel sein, das Weingut so auf die Beine zu stellen, dass ihr eine feste Mitarbeiterin oder einen Mitarbeiter einstellen könnt.

Doch kommen wir zur Preiskalkulation. Der Silvaner Kabinett kann so durchaus für 18 € angeboten werden, für Ladengeschäfte und Restaurants mit einem Nachlass von 4-5 €, der Preis für die Spätlese und den normalen Qualitätswein wird gegenüber dem Kabinett dementsprechend angepasst. Eine solche Kalkulation kriegen wir hin, jedenfalls in unserem Laden."

„Aber die anderen Weingüter hier in Iphofen sind wesentlich preiswerter!"

„Ihr sollt euren Wein ja auch nicht in Iphofen verkaufen!"

„Wer soll sich denn Wein zu solchen Preisen leisten?", fragte Adelheid Bachner.

„Das ist doch kein Massenwein, der ist etwas Besonderes! Darauf zielt die ganze Werbung ab, sonst könnt ihr nichts verdienen!

Und in Berlin mit seinen drei Millionen Einwohnern gibt es genügend Käufer, die sich einen besonderen Wein leisten können, die kaufen ja auch die Produkte von unserem Feinkostgeschäft. Wir haben eine Menge Beziehungen zu Restaurants und möchten selbst auch neue Privatkunden erschließen, die nicht zu unserer Laufkundschaft gehören. Deshalb wollen wir gern in euer Weingut einsteigen – doch davon später. Jedenfalls müsste es möglich sein, euren gesamten Wein allein in Berlin zu vermarkten.

Kommen wir zu eurem zweiten Standbein. Jedes Weingut, das an gute Restaurants liefert, muss zusätzlich zu seinen Spitzenweinen einen preiswerten Wein in der Hinterhand haben, der sich für den offenen Ausschank eignet. Dafür gibt es gute Gründe. Viele Gäste scheuen sich, Flaschen zu bestellen, manche Gäste wollen sich tagsüber zurückhalten und anderen ist der Flaschenwein zu teuer. Natürlich muss auch solch ein Wein Qualität haben und gut schmecken. Wenn das der Fall ist, bedeutet es auch Werbung; beim nächsten Mal bestellt der Gast vielleicht den hochwertigen und teureren Wein."

„Und welcher von unseren Weinen soll das sein?"

„Euer Müller-Thurgau, den ganz normalen Qualitätswein. Er ist leicht und im Ausbau weniger anspruchsvoll." Katharina und ihre Mutter schauten sich verunsichert an.

„Aber davon haben wir nur wenige Flächen!"

„Das kann sich doch ändern! Auf dem Echterberg sollte sowieso nur Silvaner angepflanzt werden und aus euren anderen Flächen werft ihr den Riesling, den Silvaner und den Rotwein am besten hinaus und setzt Reben mit Müller-Thurgau. Katharina hat mir mal selbst gesagt, dass der Riesling in Franken problematisch ist."

Katharina offenbarte einen wunden Punkt.

„Dass ich den Rotwein aufgebe, kommt nicht in Frage. Gerade an ihn habe ich die meiste Mühe verwendet." Norbert zeigte Verständnis.

„Dann ist das eben dein Hobby. Ich gehe sowieso davon aus, dass ihr Most vom Müller-Thurgau von anderen Winzern zukaufen müsst, wenn wir die Menge erreichen wollen, die sich lohnt. Ist das hier in Iphofen möglich?" Katharina nickte. „Manche würden das sogar sehr gern machen. Und von welcher Menge gehst du aus?"

„Wir brauchen mindestens 1000 Hektoliter insgesamt, also müsste wohl die Hälfte zugekauft werden. Den Wein füllen wir in Literflaschen ab. Er sollte dann für 7 € je Flasche verkauft werde, mit Nachlass für Einzelhändler und Restaurants."

Die Frauen schauten sich ungläubig an. Katharinas Mutter wurde fast zornig.

„Wir haben noch nie in Literflaschen abgefüllt, hauptsächlich aus dem Grund, weil hier die Literweine für höchstens 4 € verkauft werden, das lohnt sich nicht. Außerdem haben wir weder Tanks noch eine Abfüllanlage dafür."

„Ist doch nicht eure Sache, wenn eure Mitbewerber ihren Wein verramschen! Hier geht es um die Taktik. Kein vernünftiges Weingut bietet nur Spitzenweine an, sondern auch einfache Weine. Und dem kommt zugute, dass die Spitzenweine auch den erzielbaren Preis für die einfachen Weine mit hochziehen. Und genau mit dieser Taktik werdet ihr auch aus eurem Tief herauskommen. Schaut euch einmal das Etikett an, das unser Designer entworfen hat."

Das viereckige Etikett war im gleichen schwarzweißen Stil gehalten wie das Bocksbeutel-Etikett. Die oberste Zeile trug den Namen des Weins in fast übertrieben großen Buchstaben:

„Iphöfer Müller"

Außerhalb der üblichen Weinangaben hatte der Gestalter noch ein schematisiertes Mühlrad eingefügt. Im Gegensatz zu ihrer Mutter war Katharina von dem Etikett begeistert. „Ich habe noch nie ein so schönes Etikett für einen einfachen Wein gesehen!"

Norbert nickte. „Natürlich habe ich mir auch Gedanken über die Veränderungen in der Technik gemacht. Ihr braucht zusätzlich zwei große Edelstahltanks und eine Abfüllanlage für Literflaschen. Das kostet alles nicht die Welt und in Volkach gibt es, wie ihr wisst, eine Firma, die Verkauf, Aufbau und Service übernimmt.

Kommen wir zur Finanzierung. Andy und ich würden gern bei euch einsteigen. Wir haben sowieso schon eine Gesellschaft, nämlich die Feinkost-Renner GbR, und diese würde dann Teilhaber beim Weingut Bachner sein, deren größten Anteil Sie, Frau Bachner, und du, Katharina, behalten würden."

„Meine Schwester Susanne ist noch mit drin", warf Katharina ein.

„Soll sie auch bleiben. Jedenfalls würde durch unseren Einstieg so viel Kapital in das Weingut fließen, dass wir für die Investitionen zunächst ohne die Aufnahme neuer Darlehen auskommen müssten. Die Firma Feinkost-Renner hat ihr Anfangsdarlehen schon so weit getilgt, dass sie für den Zukauf zu günstigen Konditionen ein neues Darlehen aufnehmen kann, das ist schon mit der Bank geklärt. Wir könnten also schon dieses Jahr loslegen. Und es gibt eine zusätzliche Sicherheit: wir garantieren euch noch für dieses Jahr die Abnahme eines Drittels eurer jetzigen Produktion. Wenn wir einsteigen, wollen wir das so erweitern, dass zukünftig der größte Anteil des Weines nach Berlin geht. Ist alles mit Andy abgesprochen."

„Und wie hoch soll der Anteil sein, den du mit Andy übernimmst?", fragte Katharina.

„So zwischen dreißig und vierzig Prozent, dachte ich. Noch eines ist zu besprechen. Wenn wir es so machen, könnte es sein, dass ihr die Arbeit hier nicht mehr allein schafft. Dann springen wir ein. Wir könnten das so gestalten, dass ich oder Gundel und Andy wechselseitig kommen und euch helfen. Auf Dauer müssten aber ein oder zwei Mitarbeiter eingestellt werden. Das machen wir dann, wenn es gut läuft, wovon ich ausgehe"

„Hast du eben „Gundel" gesagt?" Katharina schaute ihn ungläubig an.

„Und gemeint. Gundel hatte sowieso vor, ihre Einzelpraxis aufzugeben und als Ärztin in Teilzeit zu arbeiten. Sie hat schon bei uns im Geschäft ausgeholfen und würde das auch ganz gern im Weingut tun, so hat sie sich jedenfalls geäußert."

Katharinas Mutter, die bislang meist geschwiegen hatte, zeigte eine Mischung zwischen Bedenklichkeit und Fatalismus.

„Ich fühle mich im Moment etwas überfordert, Herr Renner, weil ich unseren Betrieb immer als Familienbetrieb gesehen habe. Niemals wären mir solche Überlegungen wie Ihnen in den Kopf gekommen, sie sind mir im Moment noch total fremd. Auf der anderen Seite sehe ich ein, dass wir das Weingut nicht mehr so wie in den letzten hundert Jahren werden führen können und wahrscheinlich haben Sie recht. Lassen Sie mir und meiner Tochter noch ein paar Tage Zeit."

Sie stand auf und holte noch eine Flasche vom Silvaner 2009 Echterberg aus dem Kühlschrank. Sie tranken ihn aus und schauten während der jetzt einsetzenden Dämmerung den Schwalben zu, die in souveräner Selbstverständlichkeit durch den Abendhimmel schwirrten, mal purzelnd, mal sich überschlagend, während sie Insekten jagten. Diese Schwalben wirkten heimatlicher als die Kreuzberger Schwalben oder Mauersegler, denn sie waren eins mit dieser beschaulichen, doch glatten und redlichen Gegend, nichts Besonderes wie in Kreuzberg als ein Teil einer durcheinander gewirbelten, vielfältigen Stadtlandschaft mit ihrem ganzen Dreck und in ihrer ganzen Schönheit, dachte Norbert.

Am frühen nächsten Morgen weckten ihn Klappergeräusche unterhalb seines Fensters. Die Frauen waren dabei, draußen den Frühstückstisch zu decken. Kurze Zeit später setzte er sich zu ihnen. Mitten auf dem Tisch standen eine große Kanne Kaffee, eine weitere mit Milch, ein Korb mit Brot und eine Platte mit Aufschnitt, Käse und Tomaten.

Während er aß und trank, sprachen die Frauen über die Tagesplanung; Dorottya war für den Schnitt des Echterberges vorgesehen, während Katharina den Kronsberg und den Kalb übernehmen würde. Adelheid erklärte, sie brauche den Tag für den Weinversand und andere Arbeiten außerhalb der Weinberge. Norbert hörte aufmerksam zu und nickte, als Katharina ihm vorschlug, er solle sie begleiten.

Kurze Zeit später stiegen sie den Hang des Schwanberges hoch und erreichten die Lage „Kronsberg". Es ging kaum Wind, und so konnten sie echoartig die morgendlichen Geräusche des Städtchens vernehmen, ein Gemisch aus Klappern, Rufen und dem Motorenlärm der Autos. Katharina zeigte ihm, wie man den laufenden Sommerschnitt vornimmt und nachdem sie kontrolliert hatte, wie er es an ein paar Rebstöcken ausprobiert hatte, fand sie, es gelänge ihm gut und ließ ihn selbständig weitermachen.

So arbeiteten sie Hand in Hand etwa zweieinhalb Stunden zusammen; schließlich rief ihn Katharina und sie gingen zusammen zu einem Unterstand, setzten sich und Katharina zog aus ihrem Rucksack, den sie vorher dort deponiert hatte, Kaffee und belegte Brötchen hervor.

Unterwegs hatten sie manchmal Frauen aus anderen Weingütern bei der Arbeit getroffen, Katharina begrüßte sie, während sie neugierig zu Norbert hinschauten.

Katharina machte einen zufriedenen Eindruck, fand Norbert, beschloss aber, ihr noch Zeit für ihre Entscheidung zu lassen. Sie kam von allein darauf.

„Ich habe gestern noch lange mit meiner Mutter gesprochen, Norbert. Im Großen und Ganzen finden wir alles plausibel, was du uns vorgeschlagen hast. Wir wissen nur nicht, in welcher Höhe wir euch an dem Weingut beteiligen sollen. Außerdem ist uns nicht ganz klar, wie wir unsere und eure Arbeitskraft mit dem Gewinn verrechnen wollen." Norbert beruhigte sie.

„Gar nicht! Ihr bekommt natürlich ein Gehalt als Beschäftigte des Weingutes und werdet wie alle Arbeitnehmer sozialversichert, damit der unsägliche Zustand aufhört, dass ihr als private Selbständige ohne Absicherung seid. Genauso machen es Andy und ich in unserer Feinkostfirma. Bislang habt ihr es ja so gemacht, dass ihr privat unregelmäßig entnommen habt, je nachdem, was das Weingut abgeworfen hat, eine Art Selbstausbeutung. Was Andy, Gundel und mich betrifft, rechnen wir unsere Arbeitsstunden mit euch ab, wie wir sie erbracht haben."

„Und wenn es mal klamm wird?"

„Dann wird trotzdem weiter Gehalt gezahlt. Wir werden einen Bankenpuffer haben, der ist erst einmal durch unsere Beteiligung da und könnte mit kurzfristigen Bankdarlehen aufgestockt werden, wenn es notwendig ist. Dass es zu temporärem Lohnverzicht kommt, sollte nur im absoluten Ausnahmefall passieren, und wird es auch nicht, soweit kenne ich mich mit euren Zahlen aus. Nebenbei hat das regelmäßige Zahlen von Gehältern auch darin sein Gutes, dass man besser aufpasst, dass ein solcher Fall nicht eintritt."

Katharina dachte nach. So zufrieden wie jetzt war sie schon lange nicht mehr gewesen – und das ausgerechnet durch den Einsatz von Norbert, dem Kreuzberger, auf den sie so wütend gewesen war und mit dem sie auch noch ins Bett gegangen war, vielleicht genau deswegen. Im Moment konnte sie sich sogar vorstellen, auf Dauer in ihrer Heimatstadt zu wohnen, eine Vorstellung, die ihr noch vor einem Jahr Furcht und Schrecken bereitet hatte, schließlich hatte sie aus diesem Grund damals die Auszeit in Kreuzberg genommen. Und trotzdem würde sie wieder gern einmal nach Kreuzberg kommen, vielleicht hatte das auch etwas mit

Norbert zu tun, doch das huschte nur durch ihr Unterbewusstsein und sie begann, sich gedanklich mit einem kurzen Abstecher nach Kreuzberg zu beschäftigen.

Am Abend, als sie allein war, sprach sie mit ihrer Mutter über das, was Norbert ihr erklärt hatte.

„Ich wäre damit im Prinzip einverstanden." Adelheid lächelte, etwas unsicher zustimmend.

„Ich bin mittlerweile zum gleichen Schluss gekommen, Katharina. Wir sollten es so machen, wie es dein Freund vorgeschlagen hat."

„Er ist nicht mein Freund, Mama!"

„Aber dein Feind ist er auch nicht. So wie es jetzt bei uns läuft, kann es auf Dauer nicht weitergehen. Und wir müssen es so schnell wie möglich in die Tat umsetzen. Wenn wir auf diese Weise ab Herbst produzieren wollen, brauchen wir eine Abfüllanlage für Literflaschen und weitere Tanks. Und wir müssen uns überlegen, welchen Anteil am Weingut wir abgeben wollen oder können."

Katharina rückte zu ihrer Mutter.

„Hab ich mir schon überlegt. Susanne soll natürlich wieder beteiligt sein. Sie kommt aber leider nicht oft nach Hause und kann uns auch kaum helfen, wenn es eng wird. Ich habe mir überlegt, dass jede von uns dreißig Prozent behält und Susanne einen Anteil von zehn Prozent bekommt. Den Rest von dreißig Prozent würde dann die Feinkost Renner GbR bekommen. Dann würden du und ich einzeln genauso viele Anteile behalten wie Feinkost Renner. Wenn sie dafür genug für die kommenden Investitionen einbringen, könnte es klappen."

„So machen wir es."

Als Adelheid Bachner im Bett lag, konnte sie lange nicht einschlafen.

Seit Generationen war das Weingut als Familienbetrieb geführt worden, ausschließlich mit mündlichen Absprachen. Das würde sich jetzt plötzlich ändern, durch die Macht des Faktischen. Der Berliner macht einen fähigen und ehrlichen Eindruck, doch die Beziehung zwischen ihm und Katharina kam ihr dubios vor, empfand sie. Wenn die beiden wie normale Menschen zusammenlebten, vielleicht sogar heiraten und Kinder bekommen würden, wäre ihr besser zumute. Ihre Tochter Susanne, obwohl verheiratet, hatte ihr bislang leider noch keine Enkelkinder beschert.

Bald darauf fiel sie in den Schlaf.

Zwei weitere Tage blieb Norbert noch in Iphofen, um Katharina beim Sommerschnitt zu helfen. Zuvor hatte sie ihm das Ergebnis des Gespräches mit ihrer Mutter mitgeteilt, er zeigte sich einverstanden. An einem Abend kam der Vertreter der Volkacher Firma für Weinbautechnik zu ihnen und besprach die anstehenden technischen Veränderungen. Als er ging, fragte Katharina Norbert, ob sie für eine Woche nach Kreuzberg mitkommen könne.

„Natürlich, aber geht das denn? Du wirst doch für den Sommerschnitt in eurem Weingut gebraucht!"

„Ich könnte Dorottya fragen, ob sie noch eine Woche bleiben kann, wenn ihre Freundin Gizella kommt. Außerdem haben wir schon vorgearbeitet, du hast mir ja geholfen!" Norbert war einverstanden. Als sie Dorottya ansprachen, war diese davon sehr angetan.

„Ich habe Semesterferien und im Moment keine weiteren Pläne. Das Geld kann ich gut gebrauchen."

Am nächsten Tag zog bereits am Vormittag ein Gewitter auf. Es wurde dunkel, Blitze zuckten über dem Main und Regenfäden zogen wehend durch die Sträßchen Iphofens.

Katharina lief hinüber zum Nebengebäude, um das stehengelassene Geschirr aus der Sitzecke zu holen. Als sie zurückkam, klebte ihr T-Shirt an ihren Brüsten, ihre blonden Haare lagen als nasse Strähnen um ihren Kopf und sie sah Norbert fragend an, der in der Haustür des Hauptgebäudes stand und lächelte. In diesem Moment empfand er sie als überaus reizvoll.

Das Gewitter hielt bis zum Mittag an. Katharina wollte sehen, wie der Wein das Gewitter überstanden hatte und sie gingen noch einmal den Hang des Schwanberges hoch.

Überall tropfte es. Das Wasser lief in kleinen Rinnen von den Blättern herab und die jetzt schon großen Trauben wirkten wie geputzt; die durchscheinende Sonne verschaffte ihnen ein blankes, glänzendes Aussehen.

Nach einer Weile sagte Katharina:

„Wir können zurück, der Boden hat gehalten."

„Würden die Reben austrocknen, wenn der Boden jetzt abgerutscht wäre?" Katharina lächelte ihn beruhigend an.

„Das nicht, die Wurzeln der Reben gehen bis sechs Meter nach unten. Doch wenn der Fuß der Reben frei läge, hätten wir anhäufeln müssen. Das ist eine schweinemäßige Arbeit und dann könnte ich nicht mehr mit dir nach Kreuzberg fahren."

Die Umstände führten dazu, dass sie erst am späten Nachmittag nach Berlin aufbrechen konnten.

Auf der Fahrt begann es zwischendurch einmal wieder zu regnen; die Luft war zwar warm, doch graue Wolken verhängten den Himmel und ließen die Sonne nur ab und zu durchblitzen. Kurz vor Berlin dämmerte es schon und als sie Kreuzberg erreichten, war es dunkel.

Die bescheidenen Leuchtreklamen der kleinen Läden, Kneipen und Restaurants reihten sich dicht an dicht und wirkten in ihrer Unaufdringlichkeit wie freundliche Glühwürmchen, kuschelige Stimmung versprechend.

Um diese Zeit würden die Straßen und Gassen ihrer Heimatstadt bereits ihre Nachtgewänder übergestreift haben, Licht für Licht würde erlöschen und eine biedere Ruhe würde einkehren, in zufriedener Selbstgefälligkeit, ging es Katharina durch den Kopf.

Als sie die Wohnung betraten, hörten sie Gundel und Andy in der Küche miteinander reden. Sie traten ein. Katharina ging auf sie zu und begrüßte sie. Andy konnte seine Verblüffung nicht verbergen.

„Was für ein Wesen hast du uns hier mitgebracht, Norbert? Könnte es sich um Katharina handeln?"

„Frag sie selber. Die Dreadlocks sind inzwischen abgemeldet, wie ihr seht. Und dann haben wir noch eine Vereinbarung geschlossen, was das Weingut anbetrifft. Es wird alles so ähnlich laufen, wie ich mit Gundel und dir besprochen habe."

„Hoffentlich", ergänzte Katharina. „Die Familie Bachner wird den größten Anteil behalten. Und von euch will ich hoffen, dass ihr mit euren Anteilen vernünftig umgeht."

„Kommt darauf an, wie sich die Weinvermarktung entwickelt", grinste Norbert. „Läuft sie, haben wir ein gutes Geschäft gemacht. Läuft sie nicht, können wir sie ohnehin nicht verkaufen. Dann sind sie nämlich nichts wert." Gundel stand auf.

„Wenn ihr ausgepackt habt, sollten wir noch ausgehen und unseren Geschäftsabschluss feiern. Mir ist danach zumute."

„Der Abschluss ist noch nicht komplett. Aber feiern können wir schon", stimmte ihr Norbert zu.

Eine Stunde später machten sie sich auf. Ganz in der Nähe der U-Bahnstation Schlesisches Tor fanden sie ein vietnamesisches Restaurant, von dem Andy schwärmte, es verwende nur knackfrische Zutaten. Sie konnten draußen sitzen, das Restaurant hatte eine Markise und ein paar Schirme aufgespannt; das Drippeln kurzer Regenschauer störte sie nicht, während sie aßen und Norbert Katharina den Gebrauch von Essstäbchen erklärte. Gundel hatte ihren unternehmungslustigen Tag, fühlte sich nach dem Essen noch munter, und so gingen sie hinüber ins „Schlesische Eck".

Es war brechend voll, wie meistens, und der penetrante Rauch- und Schnapsgeruch ließ sie heimatliche Gefühle des Erkennens empfinden, so auch Katharina, wie Norbert mit einem Nebenblick auf sie erstaunt feststellte.

Milla war an diesem Abend nicht da, doch sie trafen Till, den Künstler, mit seiner Freundin Sandy und Rocker-Dave, den motorradfahrenden Antiquitätenhändler. Till trug eine leuchtend grüne Hose mit einem orangefarbenen T-Shirt und Sandy einen sündig kurzen Minirock, der ihre ansehnliche Kehrseite noch mehr als sonst betonte.

„Na, Till?" Till schien bestens gelaunt, als Norbert ihn ansprach.

„Nächste Woche große Vernissage bei mir", eröffnete Till. „Ich gehe davon aus, dass ihr kommt."

„Ich komme auf jeden Fall", ließ Dave vernehmen.

Ein Seitenblick auf Norbert veranlasste Till mit ironisch hochgezogenen Brauen zu einer kurzen Bemerkung.

„Zu essen und zu trinken gibt es auch, leider nichts aus eurem Feinkosttempel. Das ist mir armen Künstler zu teuer, also müsst ihr mit Schnittchen vorliebnehmen."

Norbert verharrte in einem Moment der Nachdenklichkeit.

Klar, die Produkte aus dem Laden konnten sie sich selbst nicht ständig leisten. Ein plötzlicher Gedanke kam ihm, wie ein Blitz.

„Was bringen denn deine Gäste an Geschenken mit?"

„Meist Blumen, wie immer. Das Zeugs lässt dann schon am nächsten Tag die Köpfe hängen, weil wir nachher zu faul und besoffen sind, es ins Wasser zu stellen. Außerdem hab ich in meinem Atelier keine Blumenvasen." Dave widersprach.

„Als geschichtlich denkender Mensch werde ich dir etwas aus dem Fundus meines Ladens zukommen lassen. Das, mit dem ich handele, verdirbt nicht, jedenfalls nicht so schnell." Till bekam einen Lachanfall.

„Am liebsten eine Zeichnung von Dürer!", rief er, so laut, dass sich ein Teil seiner Umgebung umdrehte. „Wenn ich die verkaufe, kann ich bis zum Lebensende hier in Kreuzberg machen, was ich will!"

„Na ja", sagte Norbert, „was die Getränke anbelangt, können wir dich entlasten. Wir bringen als Geschenk den kompletten Wein für deine Vernissage mit." Till war gerührt.

„Lass dich von Sandy umarmen, Norbert!" Sie schlängelte sich an ihn heran und gab ihm einen feuchten Kuss auf die Wange.

Während dieser Unterhaltung waren Gundel, Katharina und Andy sprachlos geblieben, eine Sprachlosigkeit, die sich auflöste, als Till eine Runde „Braunen" mit Bier für sie bestellte. Es wurde an diesem Abend nicht so grenzenlos wie sonst, und als sie nachher zusammen am Küchentisch saßen, fragte Andy:

„Und an welchen Wein hattest du gedacht?"

„Natürlich an den 2009er Silvaner, den Katharinas Mutter gerade abfüllt! Der Wein ist Spitzenklasse und Tills Vernissage ist ein Stück Werbung für uns. Zu seinen Events kommen meistens über hundertfünfzig Berliner, die totale Mischung aus Chaos, Kunstkennern, Verrückten und Reichen, die meisten wohnen in Kreuzberg. Und was die Reichen betrifft, unsere Zielgruppe: manchen siehst du den Reichtum an und andere unterschätzt du, weil sie undercover herumlaufen, die Belegschaft der Kreuzberger Penthäuser ist ebenso von Multikulti und Diversität geprägt wie Kreuzberg selbst. Sei es, wie es sei: diese Gelegenheit ist ein Highlight für uns, unseren Wein zu vermarkten! Und 50 Flaschen von dem Wein machen uns auch nicht ärmer."

„48 oder 54", korrigierte Katharina. „Wir verpacken in 6er Kartons."

„Na dann eben so. Wenn wir morgen die Spedition anrufen und deine Mutter verpackt die Flaschen, ist der Wein in drei Tagen da. Sie soll ihn unetikettiert verpacken, wir machen Etiketten mit dem neuen Design und kleben sie drauf. Ist eine halbe Stunde Arbeit, wenn wir es zu dritt machen."

„Aber wir haben keine Etiketten!"

„Werden in der Druckerei bestellt, übermorgen haben wir sie." Manchmal war es so, dass Norbert die Umständlichkeit seiner Mitbewohner nervte. Nicht immer, in anderen Dingen waren sie nicht so umständlich.

In den nächsten Tagen gab es viel zu tun. Norbert schloss schriftlich mit Katharina die von ihm vorbereiteten Verträge für die neue Gesellschaft „Weingut Bachner, Iphofen GbR" ab. Katharina hatte die Bevollmächtigungserklärungen ihrer Mutter und ihrer Schwester bereits eingeholt und mitgebracht und Norbert war in seiner Funktion als Geschäftsführer der „Feinkost Renner GbR" vertretungsberechtigt.

Die Etiketten für die Flaschen kamen früher als der Wein, und als die Kartons eintrafen, machten sie sich einen vergnügten Abend daraus, sie auf die Flaschen zu kleben. Adelheid Bachner hatte 60 Flaschen geschickt, und ein Karton wurde bis Mitternacht leer; Gundel und Andy waren voll des Lobes über die Qualität des Weines. Als sie spät zu Bett gingen, verschwand Norbert in seinem Schlafzimmer und Katharina im Fremdenzimmer.

Bevor sie einschlief, befiel sie Unmut. Sie hätte nichts dagegen gehabt, wenn sie zusammen in sein Zimmer gegangen wären, doch mal abgesehen von dem kurzen Ereignis in der Hütte am Echterberg hatte er in der letzten Zeit keinen Versuch mehr unternommen, sich an sie heranzumachen, und ständig Signale an ihn zu senden, war ihr zu blöd. Aber geschlafen hatte sie vor einem Dreivierteljahr gerade hier mit ihm, und das ausgerechnet, als sie noch ihre Dreadlocks hatte, die er überhaupt nicht mochte! War was verkehrt an ihr? Sie schaute in den Spiegel, war doch alles o.k.

Die Kreuzberger sind doch alle verrückt.

Das Atelier von Till grenzte an die Köpenicker Straße und befand sich in einem alten, aus roten Ziegeln erbauten Fabrikgebäude, nicht weit von der Spree entfernt. Ursprünglich hatte zu ihm ein Anleger gehört, von dem aus Schiffe die hier gefertigten Produkte aufnahmen. Jetzt stand es größtenteils leer und der Verfall begann einzusetzen, die ehemalige Lage dicht an den Grenzbefestigungen hatte ihm wohl zugesetzt. Auf dem ehemaligen Fabrikhof war das Pflaster teilweise aufgebrochen und Löwenzahn und Disteln steckten ihre Köpfe hindurch. Alte Schrottautos, Reifen und Karosserieteile standen herum und eine Reihe rostiger Kanister warf die Frage auf, wer für die Entsorgung zuständig sei.

Obwohl sie das Atelier in fünf Minuten Fußmarsch hätten erreichen können, waren sie früh und mit dem Auto gekommen, um den Wein abzuliefern. Norbert stieg aus und öffnete eine schwere, mehrfach rot gestrichene Eisentür, den Zugang zu Tills Atelier. Gundel, Katharina und Andy hatten sich Kartons mit dem Wein unter den Arm geklemmt. Till pfiff durch seinen Bart, als er die Hereinkommenden erkannte.

„Herein, herein mit dem Wein!"

Das Atelier war groß und bot reichlich Platz für die geringe Miete, welche Till bezahlte. Mit der Heizung hatte er Schwierigkeiten, denn ein Ofen musste reichen, sodass er sich manchmal im Winter gezwungen sah, zu Hause zu bleiben. Licht war genug vorhanden und fiel durch zwei schräge Dachfenster hinein.

Überall an den Wänden hingen und auf einer Anzahl von Staffeleien standen seine Bilder, die meisten schreiend bunt und mit Acrylfarben gemalt. Es waren meistens abstrakte Darstellungen, doch manchmal hoben sich aus dem Hintergrund Körper und Gesichter hervor, diese waren ausschließlich in Schwarz und Grau gehalten. Till konnte gut Portraits malen und tat das auch manchmal auf Bestellung, ein Rettungsanker, wenn er wieder einmal klamm war. In der Mitte des Raumes stand ein langer Tisch, auf dem zwei Pyramiden mit Schnittchen aufgebaut waren.

„Einen Teil davon haben wir selbst gemacht, Sandy hat mir dabei geholfen", verkündete Till stolz. Sandy hatte sich edel zurechtgemacht, mit einer schwarzen Seidenhose und einer Glitzerbluse. Till trug noch die gleichen Sachen wie eine Woche zuvor im „Schlesischen Eck". Norbert sah sich suchend um.

„Wenn du den Kühlschrank suchst, der steht auf dem Gang zum Klo."

Sie packten die Flaschen hinein und wollten sich verabschieden.

„Halt!", stoppte sie Till, „ihr kommt doch wieder? Und was für ein Wein ist das?"

„Spezialabfüllung des Hauses Bachner für uns", schmunzelte Norbert. „Und nur bei Feinkost Renner erhältlich. Ich hoffe, du jubelst das deinen Gästen unter, sonst nehmen wir ihn wieder mit."

Katharina schaute sich im Raum um.

„Wo sind denn deine Sitzgelegenheiten?"

Till wies auf ein paar Matratzen, mit grauen Bettlaken überzogen, die kreuz und quer im Raum verteilt lagen. „Es sind äußerst kommunikative Sitzgelegenheiten. Keine Angst, wir waschen die Laken nach jeder Vernissage." Sandy kicherte.

Sie verließen das Grundstück mit dem Auto und kamen nach einer Stunde zu Fuß wieder. Inzwischen hatte es geregnet.

Der Hof quoll fast über von Autos. Von alten Schrottkisten bis hin zu Porsches und Daimlers war alles dabei, als Prunkstück ein tadellos gepflegter, alter Bentley. Durch den Regen hatten sich Pfützen gebildet; sie bekamen mit, wie eine elegant gekleidete Frau mit hochhackigen Schuhen mühsam hindurch stöckelte.

Großes Hallo, als sie eintraten. Milla war auch gekommen, sie hatte sich diesmal von oben bis unten in Rot gekleidet und hielt ihnen die Wange hin. Sogar Dietmar, den Lehrer, trafen sie, wie immer in seine Cordjacke gehüllt, die diesmal einen frischeren, weil gereinigten Eindruck machte. Es war lärmig, ein Teppich von Gemurmel füllte den Raum, den mitunter Gelächtergeräusche als Spitzen überragten. Ein Teil der Gäste zog an Tills Werken vorbei, doch viele hatten sich schon auf die Matratzen gesetzt und aßen und tranken. Rocker-Dave kam auf sie zu.

„Du, euer Wein ist spitze, wo bekommt man den?"

„Kannst du dir doch wohl denken", sagte Norbert.

„Dann leg mir ein paar Kartons zurück. Wenn ihr ihn nicht gerade zu unverschämten Preisen verkauft, nehme ich ihn."

„Der Antiquitätenhandel wird es tragen", grinste Norbert.

Zu fortgeschrittener Stunde präsentierte Dave sein Geschenk für Till. Er entrollte ein Poster aus dickem Papier. Das Poster war mit einem Aquarell bemalt. Auf der einen Seite zeigte es ein ziemlich naturgetreues Abbild des preußischen Königs Friedrich des Zweiten mit einem erbosten Gesichtsausdruck; nichts Außergewöhnliches, denn auf fast allen seinen Porträts schaute der große Friedrich erbost. Der Künstler hatte es offensichtlich von einem bekannten Porträt des Hofmalers Anton Graff abgemalt. Die Augenstellung hatte er etwas verändert, sodass sich der zornige Blick auf die gegenüberliegende Ecke des Bildes richtete.

Und hier war eine Karikatur von Till abgebildet, wie er vor einer Staffelei stand und ein quietschbuntes Acrylbild malte. Till freute sich königlich, die anderen Gäste umringten Rocker-Dave und brachen in Lachen aus.

Die Vernissage zog sich weit bis nach Mitternacht hin, verschiedene Gäste gingen und neue Gäste kamen. Das Wetter hatte sich beruhigt, warm war es sowieso, doch der Regen hatte längst aufgehört und der Boden trocknete. Norbert zog es nach draußen.

Er winkte Katharina und sie gingen zur Spree. Zwischen Stapeln von Paletten und Papiercontainern hatte sich ein Stück Natur erhalten. Ein mickriger Baum erhob sich über einem mit Unkraut durchsetzen Rasenstück; sie legten sich hin und blickten abwechseln auf die im Mondlicht glitzernde Spree und den dunklen Himmel, der wegen der über Berlin hängenden Lichtverschmutzung nur einige wenige Sterne zeigte. Katharina hatte ihre Arme rechtwinklig ausgestreckt und wirkte wie gekreuzigt.

„Wie gefällt es dir heute?", fragte Norbert.

„Bestens, Kreuzberg prall und voll." Sie hatte ihre Lippen leicht geöffnet.

Norbert beugte sich über sie. Sie spürte seine Lippen und hielt sie fest. Nach einer Weile lösten sie sich.

„Nun machst du mit mir das Gleiche wie vor ein paar Wochen in der Hütte auf dem Echterberg!"

„Gefällt es dir nicht?"

„Doch, aber jetzt ist es etwas anderes. Es ist Kreuzberg, aber irgendwie ist es trotzdem gleich."

„Muss es wohl sein. Ich weiß immer, was ich tue."

„Du Angeber!" Sie lachte und hämmerte ihm auf die Brust. Dann fassten sie sich an die Hand und gingen zurück. Als sie Tills Atelier verließen, war es Viertel vor zwei. Kurze Zeit später öffneten sie die Tür zu der Wohnung im May-Ayim-Ufer.

Es war ruhig, Gundel und Andy schienen schon zu Bett gegangen sein. Norbert zog sich aus und als er in Shorts und T-Shirt in das Bad ging, war Katharina dabei, ihre Hände zu waschen, nebenbei schaute sie in den Spiegel und kontrollierte ihr Gesicht auf Spuren von Make up. Norbert schaute ihr über die Schulter zu, es machte ihn an. Er legte seine Hände von hinten über ihre Brüste. Sie drehte sich um. Dann gingen sie zusammen in sein Zimmer.

Sie schliefen lange. Als sie am späten Vormittag aus dem Zimmer kamen, saßen Gundel und Andy schon am Frühstückstisch, wussten sofort Bescheid und grinsten sie an.

„Die Vernissage gestern scheint euch wohl inspiriert zu haben", vermutete Gundel, wobei sie sich ein verhaltenes Lächeln nicht verkneifen konnte. Norbert reagierte nicht.

„Ihr seid ja schon früher gegangen. Till war hochzufrieden, erst mal über den Wein und dann über den Geschäftserfolg. Er sagte mir, er habe eine ganze Menge Bilder verkauft."

„So ist das immer", bemerkte Andy trocken. „Jetzt kommt ein Batzen Kohle herein und verdünnt sich im Laufe der Zeit. Wenn alles versoffen und aufgebraucht ist, reißt er sich am Riemen und plant ein neues Event. Jedenfalls brauchte ich gestern nicht zu zaubern."

Sie sprachen noch eine Weile über den Laden. Andy informierte Norbert, dass er in der nächsten Zeit für den Laden ausfallen müsse.

„Ich habe ein paar kleine Jobs, einen sogar fürs Fernsehen, für eine Serie. Ich muss mich vorbereiten und die Texte lernen sich nicht von allein."

„Was ist mit dir, Gundel?" „Unsere Praxisumstellung ist noch nicht abgeschlossen. Ich kann auch nicht."

„Ich muss auch in zwei Tagen weg. Wir haben die letzte Woche im August. Ich muss jetzt jeden Tag nach den Reben schauen, die Lese des 2010er fängt bald an. Ab Mitte September kommen die anderen Ungarinnen", setzte Katharina hinzu, „außerdem werden die bestellten Geräte und Tanks geliefert und eingebaut."

Bis zum Zeitpunkt ihrer Abreise wohnte Katharina in Norberts Zimmer.

Mit Nachfrage nach dem 2009er Silvaner der Bachners hatte Norbert gerechnet, doch wie es dann kam, erstaunte ihn. Das konnten nicht allein die Gäste von Tills Vernissage gewesen sei, die den Wein kauften, die Qualität musste sich herumgesprochen haben. Sogar zwei Restaurants fragten an und wollten eine größere Menge bestellen. Norbert rief mehrfach bei Katharinas Mutter an, bestellte nach und bat sie, den für Feinkost Renner bestimmten Wein mit den neuen Etiketten zu versehen – zum Glück hatte er davon in Voraussicht eine größere Menge drucken lassen und Katharina mitgegeben. Der Wein fiel zwar noch in die Zeit vor der Gründung der Bachner GbR, doch es fügte sich nicht schlecht, das Weingut in der Übergangsphase zu unterstützen, schließlich verdiente Feinkost Renner auch gut daran. Also trafen fast jede Woche Kartons mit dem Bocksbeutel aus Iphofen im Laden ein.

Norbert war zufrieden. Der Laden lief und es machte ihm nichts aus, von morgens bis abends in ihm zu stehen. Er ging wenig aus, blieb mit Gundel und Andy meistens zuhause und ging früh zu Bett.

Anders Katharina. Das Wetter im September hatte sich verschlechtert, viel Regen und kein Altweibersommer, der sonst den Reben gut bekam. Sie rief ihn oft an.

„Läuft alle mies. Wir können wegen des Wetters kaum lesen, die Ungarinnen sind da und wir sind froh, dass es im Nebengebäude wegen des Umbauens noch Arbeit gibt. Hat andererseits wieder Vorteile. Ich konnte von meinen Iphöfer Winzerkollegen die Menge Most vom Müller-Thurgau günstig kaufen, die wir für unsere Literflaschen noch brauchen. Offensichtlich haben sie Angst, dass der Wein nichts wird."

„Dann brauchst du also im Moment niemanden von uns?"

„Nein. Wenn Not am Manne oder an Frau ist, werde ich mich melden."

Zu Anfang Oktober schlug das Wetter um und es wurde wieder sonnig. In den Weinbergen Iphofens liefen die Weinbauern mit ihren Aushilfen wie die Ameisen hinauf und hinunter und lasen den Wein, der von Tag zu Tag Öchslegrade zulegte. Es würde in diesem Jahr zwar weniger Menge, aber einen hohen Anteil an Kabinett und Spätlese geben. An den Abenden wurde der sonst so ruhige Ort lebhaft und das Lachen der draußen sitzenden und nun essenden und trinkenden Menschen drang von den Höfen zu den Straßen und Plätzen. Dazu kamen Touristen; die Gasthöfe und Pensionen waren ausgebucht.

Katharina war bester Dinge und teilte Norbert mit, dass der erste Silvaner ihrer neu gegründeten Gesellschaft, den sie vom Echterberg holten, ausschließlich Kabinett und

Spätlese ergeben würde, ganz so, wie er es sich vorgestellt hatte. Ein paar Tage später kam alles anders.

„Ich liege im Bett. Norbert. Kannst du nicht kommen?", schluchzte sie.

„Zu dir ins Bett? Gerne."

„Rede nicht so blöd. Ich bin am Kronsberg beim Hinuntergehen über zwei Stufen gefallen, als ich woanders hingeguckt habe. Der Arzt hat mir zwei Wochen Bettruhe verordnet, und das mitten in der Lese. Gebrochen ist zwar nichts, doch ein Fuß und der Rücken sind verstaucht. Ich kann mich zwar im Bett unter Schmerzen drehen, aber ich soll nicht aufstehen."

„Ich versuche, zu machen, was ich kann. Ich rufe dich später wieder an." Norbert erreichte Gundel in der Praxis, die wiederum Andy anrief. Sie berichtete ihm, dass sie sich mit ihren Kolleginnen so abgesprochen habe, dass sie für eine Woche in den Laden kommen könne. Die zweite Woche würde Andy übernehmen, der zwar keinen Auftritt habe, doch dann abends seine Texte lernen könnte.

Als Norbert es Katharina berichtete, spürte er ihre Erleichterung durch das Telefon.

„Komm bitte, so schnell wie möglich!"

Am nächsten Tag machte er sich in der Frühe auf. Als er von der Autobahn abfuhr, dauerte es länger als sonst, Iphofen zu erreichen, weil viele Kleintrecker unterwegs waren; in den Ladeflächen ihrer Anhänger häuften sich die Weintrauben. Das Weingut der Bachners lag scheinbar verlassen da, die Tür zum Büro war verschlossen.

Er ging auf den Hof, hörte Geräusche und traf Adelheid Bachner im Keller des Nebengebäudes. Sie begrüßten sich.

„Gut, dass du kommst, Norbert. Der Ausfall von Katharina ist schon heftig, zum Glück hat sich meine Tochter

Susanne aus Spanien angesagt, um uns eine Woche zu helfen."

Nachdem vor sechs Wochen die Verträge unterzeichnet waren, hatte ihm Adelheid Bachner das „Du" angeboten.

Adelheid deutete auf eine Reihe nagelneuer Edelstahltanks, aus einem hörte man leises Gluckern.

„Das ist der zugekaufte Müller-Thurgau. Mit dem fangen wir jetzt an. Unserer kommt jeden Tag dazu. Den Silvaner und den Riesling machen wir danach, zum Schluss kommt der Spätburgunder dran. Es wird jetzt alles ziemlich eilig."

„Und wie komme ich zu Katharina?" Adelheid schaute ihn skeptisch an.

„Warst du noch nie in ihrem Zimmer?" Norbert verneinte es.

„Am besten, du gehst durch die Küche. Dann kommst du direkt zu den Mädchenzimmern."

Im Vorderhaus lagen im Erdgeschoss das Büro, der Versandraum, die Schlafzimmer der Töchter und eine riesige Wohnküche mit Zugang zum Hof. Hier hielten sich alle meistens auf. Das Haus gehörte weiterhin Adelheid Bachner und für das Büro und Versandraum erhielt sie Miete von der neugegründeten GbR. Im Obergeschoss befanden sich ein Esszimmer, eine weitere „Gute Stube", ein Fremdenzimmer und das Elternschlafzimmer, alles Räume, die außer von Adelheid selten benutzt wurden.

Als er Katharinas Zimmer betrat, reckte sie ihren Kopf aus einem mit Kissen und Daunendecken vollgepackten Bett, gleichzeitig entfuhr ihr ein lautes „Aua".

„Entschuldige, immer wenn ich meinen Rücken bewege, tut es weh!"

„Du Arme!"

Norbert setzte sich auf ihre Bettkante und umarmte sie. Ihr Gesicht, eine Mischung aus Leiden und der Freude, dass er gekommen war, machte ihn an und ihr verschlafener Bettgeruch trug dazu bei, am liebsten wäre er gleich zu ihr ins Bett gekrochen.

„Kannst jetzt im Moment nicht drüben im Nebengebäude schlafen, die Zimmer sind alle mit den Ungarinnen besetzt", sagte Katharina. „Aber hier nebenan ist Platz, Susannes Zimmer ist leer, sie kommt erst in der nächsten Woche." „Darf ich es mir anschauen?" Katharina nickte.

Ja, Susanne. Er hatte vorher noch nie ihr Zimmer betreten. Ihr Zusammensein damals hatte immer in seinem Zimmer im elterlichen Haus in Ochsenfurt stattgefunden, weil seine Eltern selten zuhause und überdies äußerst tolerant waren, die Modalitäten in Susannes Elternhaus waren schwieriger.

Er betrat das Zimmer und sah sich um. Auf den ersten Blick nichts Besonderes, ein Mädchenbett mit floraler Bettwäsche, ein Kleiderschrank in Weiß, ein Arbeitsplatz mit einem Schreibtisch und eine Reihe von Bildern und Postern darüber, von den Rolling Stones und weiteren Bands und, eigenartig, von einer fränkischen Volksmusikgruppe. Ein Klassenbild aus ihrer Abiturzeit zog seine Aufmerksamkeit an.

Er erkannte sich auf dem Bild. Obwohl, er war schlecht zu erkennen, weil sein Kopf infolge häufiger Fingerabdrücke darauf nur noch undeutliche Konturen zeigte, wenn auch eine Umkreisung mit einem roten Filzstift gerade auf ihn hinwies. Als er es sich genau anschaute, sah er, dass jemand genau in die Mitte seines Gesichtes wohl eine Reißzwecke oder Ähnliches hineingedrückt haben musste.

Er drehte sich um und erblickte einen alten, zerzausten Teddy, der ihn vom Kleiderschrank herab böse anzublicken schien. Schnell raus aus dem Zimmer. Er setzte sich wieder zu Katharina.

„Ich bleib lieber hier bei dir, Katharina. Du musst das entscheiden. Das Bett ist breiter als meins in Kreuzberg. Ich weiß aber nicht, wieviel Platz du für deinen lädierten Körper benötigst."

Sie streckte ihm einen bandagierten Fuß entgegen. Norbert streichelte über die Bandage.

„Das ist der einzige fremde Gegenstand außer meiner Unterwäsche an meinem Körper. Stört dich das sehr?" Norbert verneinte. „Dann bleib bei mir, du bist gern eingeladen." Norbert stand auf.

„Aber erst einmal geht es an die Arbeit."

Weil er früh gekommen war, hatte sich der Herbstnebel noch nicht ganz verflogen. Eine milchige Decke lag über dem Hang des Schwanberges, mütterlich die Trauben schützend, und war dabei, emporzusteigen und sich mit dem immer mehr durchscheinenden Himmelsblau zu vermischen. Manchmal funkelte die Sonne durch und erzeugte einen plötzlichen Wärmestrahl, der ihm angenehm über die Haut fuhr.

Als er den Hang zur Hälfte bestiegen hatte, konnte er schon den sich windenden silbrigen Main mit seinen Örtchen am Rand schemenhaft erkennen. Nach oben blickend sah er, wie die Ungarinnen die Trauben des Weingutes ernteten. Als er sie erreichte, gaben sie ihm eine Pflückschere und wiesen ihn an. So arbeiteten sie sich langsam durch die Reihen der Reben.

Norbert schaute sich die Trauben an. Zunächst waren sie mit einer samtigen Schicht aus feinen Tröpfchen überzogen, dem Produkt des nächtlichen und morgendlichen Nebels.

Bei zunehmender Wärme verdichteten sich die Tröpfchen, um dann schließlich langsam zu verdampfen und den Trauben ein glänzendes Aussehen zu verleihen. Die abgeschnittenen Weinrispen wurden untersucht, manche der Trauben wurden verworfen, schließlich wanderten die Rispen in Körbe, die Körbe in Kiepen und die Kiepen entleerten sie auf den Hänger des Kleintreckers, mit dem Adelheid Bachner von Zeit zu Zeit zur Abholung kam.

Es war eine anstrengende Arbeit; sie mussten zwischendurch Kurzpausen machen. Zweimal gingen sie zur Hütte, aßen und tranken; die Ungarinnen unterhielten sich fröhlich miteinander. Norbert verstand zwar kein Wort, die Sprache hörte sich aber angenehm an, fand er.

Als es anfing zu dunkeln, gingen sie nach unten, die Ungarinnen in ihre Zimmer und Norbert zu Katharina und machten sich frisch. Adelheid hatte den langen Tisch in der Sitzecke für das Abendessen gedeckt. Als sie einen Teller für Katharina zurechtmachte, stand Norbert auf.

„Ich bringe ihn ihr und nehme gleich einen Teller für mich mit. Wir essen in ihrem Zimmer, falls du damit einverstanden bist." Adelheid war es sogar sehr recht, so konnte sie während des Essens mit den Ungarinnen den Plan für den nächsten Tag besprechen.

Katharina lag in ihrem Bett und schaute Norbert unglücklich an.

„Ich kann mich noch nicht einmal aufrichten, dann tut mein Rücken scheußlich weh."

„Daran habe ich gedacht, bleib so liegen, wie du bist, ich füttere dich. Er setzte sich auf ihr Bett und schob ihr abwechselnd Bissen in den Mund. Hinterher aß er seinen eigenen Teller leer. Als sie mit dem Essen fertig waren, holte er aus einem Korb eine kalte Flasche Silvaner und zwei Gläser hervor.

„Jetzt belohnen wir uns. Ich bin als Kreuzberger ziemlich kaputt von diesem Tag. Trotzdem habe ich Spaß daran gehabt. War auch gut für mich, ich brauche Bewegung."

„Aber ich liege im Bett und habe gar nichts gemacht!"

Norbert streichelte ihre Hand.

„Doch. Den Wein, den wir jetzt trinken." Nach einer Weile sagte Katharina:

„Du musst jetzt wieder nach drüben gehen. Es ist besser so."

Als er sich zu den Frauen setzte, kam er in eine Runde, die bestens gelaunt war. Die Ungarinnen unterhielten sich mit viel Lachen und Kichern; wenn es besonders hoch herging, übersetzte Dorottya für Adelheid und ihn. Erstaunlich, wie es Frauen schaffen, laut durcheinander zu reden und trotzdem den Faden nicht zu verlieren, dachte er.

Die Weingläser leerten und füllten sich wieder. Um zehn Uhr, als es schon dunkel war, standen alle auf und zogen sich zurück.

In Katharinas Zimmer zurückkehrend, erblickte er sie halb schlafend, halb dösend in ihrem Bett. Er zog sich aus und rückte zu ihr hin. Sie wachte auf und drehte unter Mühen ihren Kopf zu ihm.

„Du kannst ruhig ein bisschen näher an mich heranrücken!"

„Aber du brauchst den Platz und es tut dir doch weh!" Sie versuchte ein Lächeln.

„Aber drehen kann ich mich noch." Sie wälzte sich mühsam auf die Seite, so dass er von hinten an sie herankam. Sie kuschelten eine Weile.

„Du musst mich noch ausziehen, ich kann das nicht, es schmerzt zu sehr."

Als er ihren BH öffnete, gelang es ihm erst nicht und er verhaspelte sich, blöde Trotteligkeit. Es ärgerte ihn. Seit seiner Jugendzeit hatte er verinnerlicht: zwei Dinge muss ein Mann mühelos aufmachen können, eine Champagnerflasche und einen BH.

Als es dämmerte, wachte Katharina zuerst auf. Sie stupste ihn an.

„Es wird Zeit. In einer halben Stunde gibt es Frühstück, dann geht es in den Wein!" Norbert gähnte.

„Ist doch noch reichlich Zeit für Aufstehen und Waschen." „Und wer wäscht mich?" Daran hatte er nicht gedacht. Noch nie hatte er eine Frau gewaschen.

Es ging ganz gut. Er holte aus dem Bad eine Schüssel mit warmem Wasser, Seife, ein Badelaken und zwei Handtücher. Katharina rollte sich auf die Seite, Norbert breitete das Laken auf dem Bett aus und wusch sie. Als er sie abtrocknete, klopfte Adelheid an die Tür.

„Kann ich dir helfen, Katharina?"

„Nein Mama, ist alles in Ordnung." Nachdem er ihr beim Anziehen geholfen hatte, ging er zum gedeckten Frühstückstisch, den Adelheid in der Sitzecke vorbereitet hatte. Alle aßen schnell und wechselten nur kurze Worte miteinander, denn die Sonne hatte sich bereits jenseits des Steigerwaldes erhoben, stach in ihre Augen und brachte sie zum Blinzeln. Adelheid bereitete einen Frühstücksteller für Katharina vor; als sie aufstand, um in ihr zu bringen, warf sie Norbert einen kurzen Blick zu, wohlwollend und skeptisch zugleich. Kurz danach brachen alle zu den Weinbergen auf, außer Adelheid und Dorottya, die mit dem Abholen der Trauben und der Verarbeitung zu Most beschäftigt waren.

Norbert blieb in den nächsten Tagen am Abend und nachts bei Katharina. Von Tag zu Tag ging es ihr besser, sie hatte weniger Schmerzen und konnte sich in ihrem Bett immer mehr bewegen. Er hatte Krücken besorgt, sodass sie sich an ihnen hochziehen und manchmal in ihrem Zimmer ein paar Schritte gehen konnte.

Nach einer Woche kam Katharinas Schwester Susanne. Adelheid hatte sie am Bahnhof Kitzingen abgeholt und als sie ankam, war das Abendessen auf dem Weingut schon beendet und die Ungarinnen saßen schwatzend beim Wein. Sie drehte sich auf dem Absatz um und ging in das Zimmer ihrer Schwester.

Norbert saß gerade auf Katharinas Bettkante und fütterte sie. Susanne blieb wie angewurzelt stehen, das Gedankenwirrwarr in ihrem Kopf hätte sie kaum beschreiben können.

Der Mann hatte sich äußerlich wenig verändert, er war eben älter geworden, also dicker und ein paar graue Haare hatten sich in seinen Schopf geschlichen. Er schaute sie mit einem fragenden Blick an, dieser rücksichtslose Egoist. Und nun machte er sich an ihre kleine Schwester heran.

Dagegen war Norberts Reaktion ein spontanes Staunen. Susanne, eher ein dunkler Typ im Gegensatz zu Katharina, hatte sich zu voller Weiblichkeit entwickelt, kein Vergleich zu dem schüchternen Teenie, wie er sie in Erinnerung hatte. Auch kam sie ihm viel größer vor und ihr Selbstbewusstsein, das sie durchdrang, spürte er sofort, unbewusst hatte er sie mit ihrer Schwester verglichen. Er empfing ihren eisigen Blick, als sie an ihm vorbei zu Katharina ging und sie umarmte. Beide verdrückten ein paar Freudentränen, denn sie hatten sich lange nicht mehr gesehen. Während sie sich unterhielten, saß Norbert stumm daneben. Nach einer Weile stand Susanne auf.

„Vertrag dich mit Norbert, ihr müsst zusammen auf dem Weinberg arbeiten", bat Katharina. Susanne nickte kaum merklich und drückte Norbert die Hand, so kurz wie möglich. Dabei warf sie ihm wieder diesen kalten Blick zu, der einen fallenden Wassertropfen zum Erstarren hätte bringen können. Dann verließ sie das Zimmer und ging auf den Hof.

Als Susanne und Norbert am nächsten Tag mit der Weinlese beschäftigt waren, sahen sie sich zunächst wenig, weil sie an verschiedenen Stellen ernteten. Zu Mittag hatten die Ungarinnen auf einem kleinen Rasenstück eine Decke ausgebreitet, ihre Picknickkörbe daraufgestellt und auf dem Boden Platz genommen. Sie aßen und tranken und unterhielten sich miteinander. Norbert wollte nicht stören und setzte sich in die Hütte am Echterberg. Nach ein paar Minuten kam Susanne hinzu. Sie guckte ihn statt mit dem eisigen Blick von gestern mit einem zutiefst misstrauischen Blick an – auch nicht viel besser.

„Na, die beiden Bachner-Töchter hast du ja jetzt durch, was?"

„Ich weiß nicht, wovon du sprichst."

„Das ist typisch für dich. Wahrscheinlich kannst du dich auch nicht daran erinnern, wie du mich damals absorviert hast?"

„Mir kommt das gar nicht so schlimm vor."

„Hab ich mir gedacht. Ich will dir mal was sagen: du warst ein Macho, bist ein Macho und wirst ein Macho bleiben. Meine Schwester Katharina habe ich eindringlich vor dir gewarnt."

„Und was hat sie gesagt?"

„Es gäbe ein Dilemma. Nämlich, in einem Zwiespalt zwischen Neigung und Vernunft zu stecken. Aber lassen wir das. Von Betriebswirtschaft scheinst du ja wenigstens Ahnung zu haben. Dein Sanierungsplan für das Weingut sieht plausibel aus. Das hat mein Mann gesagt, als ich darüber mit ihm gesprochen habe. Ich habe keine Ahnung, ob du weißt, dass auch wir in Spanien ein Weingut besitzen. Und wir sind auch gerade mittendrin in der Weinlese. Als Katharina das mit dem Sturz passiert ist, habe ich mich trotzdem freigemacht, das liegt unter anderem daran, dass wir in Spanien leichter an Aushilfskräfte kommen als meine Familie in Deutschland. Und nun sollten wir am besten den Mund halten und uns für diese Woche möglichst aus dem Weg gehen."

„Können wir machen." Norbert kam sich vor wie ein geprügelter Esel. Seine Laune war dahin.

Als sie abends zurückkehrten, war Katharina aufgestanden und ging mit Krücken auf dem Hof herum. Beim gemeinsamen Abendessen machte sie einen Vorschlag.

„Mir geht es immer besser und ich möchte nicht im Bett liegen. Weil Susanne gekommen ist, könnte Norbert unten bleiben. Und es reicht, wenn wir beide an der Presse und den Tanks arbeiten. Ich könnte ihn anweisen, was zu tun ist. Meine Mutter müsste dann nur die Trauben mit dem Trecker nach unten bringen. Höchste Zeit, dass sie etwas mehr Ruhe hat. Wie weit sind wir überhaupt?"

„In zwei Tagen sind wir mit dem Weißwein durch", sagte Susanne, „dann kommt als letztes der Spätburgunder dran."

„Du sollst doch noch nichts tun, Katharina", gab Adelheid zu bedenken. „Eigentlich hat dir der Arzt Bettruhe verordnet!"

„Ich tu doch auch nichts, Mama! Ich weise Norbert nur an und zwischendurch kann ich mich hinlegen."

„Aber irgendjemand muss kochen!"

„Machst du das, Norbert?" Er nickte. Katharina strahlte.

„Er kann kochen, sogar gut!"

Es ging so, wie sie es besprochen hatten.

Zwischendurch bekam Norbert einen Anruf von Andy.

„Wie geht es dir, Partner? Im Laden läuft alles wie gehabt."

„Bin ein bisschen kaputt von der Weinlese und erhole mich gerade, weil ich in den letzten Tagen unten bleiben konnte."

„Gundel und ich wollten eigentlich einen kleinen Ausflug machen und uns das Weingut anschauen. Wir würden dann mit dem Zug fahren und mit dir zurückkehren." Norbert überlegte.

„Dann müsst ihr warten, bis die ungarischen Aushilfen weg sind, so haben wir wieder freie Zimmer. Das wäre am nächsten Wochenende. Das müsste doch gut passen, dann ist der Laden in Wilmersdorf sowieso zu." Andy zeigte sich erfreut. „So machen wir das!"

Am Freitag verließen die Ungarinnen das Weingut. Die Lese war komplett. Susanne hatte bereits am Vortag nach dem Abendessen das Haus verlassen und wurde von Adelheid zum Bahnhof gebracht. Vorausgegangen war ein herzlicher Abschied zwischen ihr und ihrer Familie und ein frostiger von Norbert, er hatte es auch nicht anders erwartet.

Am späten Nachmittag fuhr er nach Kitzingen, um Gundel und Andy abzuholen. Als er in den Bahnhof ging, kamen sie ihm bereits entgegen. Bei der Fahrt über die Mainbrücke schaute Gundel nach beiden Seiten und entdeckte kleine, mit Reben bebaute Flächen. Bei Mainbernheim vermehrten sie sich und der Schwanberg zeigte sich aus der Ferne im milden Licht der in den Horizont sinkenden Sonne. Als sie kurze Zeit später auf dem Hof des Weingutes aus dem Auto stiegen, liefen sie Katharina in die Arme, die sie lachend begrüßte.

„Norbert zeigt euch gleich euer Zimmer und dann macht ihr am besten noch einen kleinen Gang durch den Ort", rief sie, „ich habe mit meiner Mutter noch im Keller zu tun. In einer Stunde gibt es Abendessen."

Sie ging nach unten in den Weinkeller, wo es überall in den Tanks gluckerte, denn der meiste Most war schon angesetzt.

Ein Zimmer im Nebengebäude hatte Adelheid nach dem Abschied der Ungarinnen schon wieder hergerichtet. Norbert war bei Katharina im Vorderhaus geblieben.

Der Oktober mahnte, dass der Spätherbst nicht mehr weit sei und ließ es früh dämmern. Als sie den Rundgang durch das kleine Städtchen beendet hatten, konnten sie vor einem Gasthaus am Markt noch draußen sitzen und tranken ihren ersten Schoppen an diesem Tag. Gegenüber war der Besitzer eines italienischen Eissalons dabei, Stühle und Tische zusammenzustellen; seiner Miene nach zu schließen hatte er an diesem Tag noch ein gutes Geschäft gemacht. Ein paar versprengte Touristen gingen langsam an den Häuserfronten entlang und schauten sich die Weinlisten neben den Haustüren der Weingüter an.

Adelheid Bachner sprang auf, als sie wieder zurückkehrten, begrüßte sie freundlich und ging in die Küche, um das Abendessen nach draußen zur Sitzecke zu bringen. Katharina folgte ihr. Die Frauen hatten Strickjacken angezogen, denn es entwickelte sich bereits eine abendliche Kühle. Später gingen sie ins Haus und saßen noch bis Mitternacht beim Wein zusammen, denn die Hauptarbeit für die Lese war geschafft.

Am nächsten Vormittag stieg Norbert mit Gundel und Andy den Schwanberg hoch, um ihnen den Bestand des Weingutes zu zeigen. An der Hütte am Echterberg machten sie Pause. Die Blätter der Laubbäume im Wald und zwischen den Feldern begannen bereits, bunt zu werden. Gundel beeindruckte die Aussicht ins herbstliche Maintal. „Die Gegend ist wunderschön. Eigentlich könnte man auch hier wohnen", sagte sie nachdenklich. Andy protestierte.

„Ich bin Schauspieler, ich brauche die Großstadt. Wo soll ich hier einen Job bekommen?" Norbert schmunzelte.

„Ich komme selbst aus dieser Gegend und bin nicht geblieben. Überlegt doch mal, was wir geworden sind, wir sind jetzt wie warzige Kreuzberger Kröten. Im Winter ziehen wir uns zurück, machen Winterschlaf, manchmal mit zu viel Alkohol, um im Frühjahr aus unseren Löchern zu kriechen. Und wenn wir dann die Straße überqueren, müssen wir aufpassen, dass wir nicht überfahren werden. Ich bin jetzt mehr als vierzehn Tage hier und freue mich wieder auf Kreuzberg. Katharina geht es übrigens ähnlich. Sie wohnt zwar hier, doch zwischendurch will auch sie mal weg."

Der Nachmittag verging damit, dass Norbert ihnen die Umgebung zeigte, so auch seine Heimatstadt und die anderen Orte am Main, oft mit einem Rest von Stadtmauern umgeben wie Frickenhausen oder Marktbreit. Besonders Gundel war begeistert.

Am Sonntag kam der Abschied. Katharina und ihre Mutter würden jetzt auf dem Gut allein bleiben. Gundel versuchte, zu trösten.

„Wir kommen gern wieder, machen uns frei und helfen euch, wenn ihr uns braucht."

Norbert umarmte Adelheid und Katharina, die ihn zur Seite zog und ihre Arme fest um seinen Hals schloss, um ihm ins Ohr flüstern zu können.

„Am liebsten wäre ich mitgefahren!" „Du kommst bestimmt bald zu uns, oder wir holen dich!"

Sie stiegen in das Auto und fuhren nach Berlin. An der Stadtautobahn bogen sie nach Kreuzberg ab. Entlang der Hochbahn ging es weiter, in Richtung Schlesisches Tor. Unterwegs war es kälter geworden und es begann zu regnen. Doch gerade jetzt offerierte Kreuzberg eine zuwendende Freundlichkeit, die sie alle stark empfanden. Es ist die Art von Freundlichkeit, wie sie nur in einer ungeordneten städtischen Wildnis entstehen kann, indem sie Zuflucht und Heimeligkeit bietet, durch eine Vielzahl von Lichtern, Nischen, Ecken und Geselligkeit.

„Halt mal", sagte Gundel, als sie am „Schlesischen Eck" vorbeifuhren, „nur auf ein Bier."

Norbert parkte das Auto. Die Kneipe war voll, wie meistens, und sie trafen auf Milla, Sandy und Till. Eine halbe Stunde später fuhren sie zu ihrer Wohnung, packten aus und gingen hinauf. Sie waren wieder zuhause.

In der nächsten Zeit arbeitete Norbert meist tagsüber im Laden, weil Andy mit seinen Engagements beschäftigt war. Der Verkauf des 2009er Silvaner vom Weingut Bachner lief so gut, dass es absehbar war, dass der Wein zu Weihnachten ausverkauft sein würde. Katharina machte eine Einschränkung.

„Wir können euren Laden mit dem Silvaner nicht mehr beliefern, denn wir müssen eine Reserve für unsere langjährigen Stammkunden vorrätig halten. Versuch doch, die

Reste von 2008 und unsere anderen Weinsorten von 2009 abzusetzen, leider haben wir sie nur mit den alten Etiketten."

Es lief ganz gut, weil die Weine von Bachner bei den Kunden des Ladens bereits einen gewissen Bekanntschaftsgrad erreicht hatten. An den Wochenenden beschäftigte sich Norbert außer mit der Buchführung für die Renner GbR zusätzlich mit der Buchführung für das Weingut. Katharina und er hatten Bankvollmachten für die Geschäftskonten. Adelheid wollte damit nichts zu tun haben und kümmerte sich nur um den Direktvertrieb, wie sie es gewohnt war; Norbert war für den Onlineshop zuständig.

Doch manchmal ging er auch mit Gundel und Andy in Kreuzberg aus. An einem Sonnabendnachmittag wollten sie die Marheineke Markthalle im Bergmannkiez besuchen, Andys und Norberts alter Heimat.

Die Halle war rappelvoll. Ursprünglich hatten sie vorgehabt, mit ein paar Glas Wein die Delikatessen der zahlreichen Stände zu genießen, auf hohen Hockern sitzend und durch die breiten Glasfenster schauend, wie draußen der Kreuzberger Regenwind nässte und wütete. Doch die Schlange vor den Plätzen verdarb ihnen den Appetit. Gundel ließ sich an einem türkischen Stand ein paar Delikatessen und an einem Verkaufsstand für Fisch und Meeresfrüchte eine kleine Kiste Austern einpacken. Sie verließen die Markthalle und gingen in Richtung Chamissoplatz. Auf den Straßen war es still, bis auf die Laute des Wetters. Die Kinder und Erwachsenen schienen sich schon verkrochen zu haben, nur ein paar dick bekleidete Menschen führten ihre Hunde spazieren. Die Dunkelheit kroch bereits hindurch und ließ die hohen Fenster der prächtigen Hausfassaden romantisch dämmern; die Lichter gingen an und aus, alles wirkte schon weihnachtlich. Ein Blick in die Hinterhöfe zeigte überdachte Kohleschütten und offenbarte zusammen mit dem Geruch, dass hier manchmal immer noch mit Kohle geheizt wurde.

Am Chamissoplatz machten sie halt. Andy erinnerte an seinen sommerlichen Zustand, wie eine große Anzahl von Kindern hier spielte, er und Norbert auf einer Bank saßen, eine Flasche Bier in der Hand, und ihnen zuschauten. Wenn Andy gute Laune hatte, führte er ihnen manchmal ein kleines Zauberkunststück vor; sie kannten ihn und liefen sofort zusammen, wenn er winkte. Jedes Mal freuten sie sich über die Gesichter, die zugleich kindliche Naivität und Verblüffung anzeigten.

Um die Ecke gab es ein kleines italienisches Restaurant. Sie traten ein, es erwartete sie eine Überraschung. Sie erblickten Dietmar Krüger, den Lehrer, an einem der Tische, sofort an seiner Cordjacke zu erkennen. Neben ihm saß eine hübsche Frau mit brünettem, lockigem Haar, sie war in einen stilvollen, malvenfarbenen Pullover gekleidet und mochte um die dreißig sein. Beide saßen eng zusammen und tranken Wein. Als sich ihre Blicke trafen, fragte Gundel: „Dürfen wir uns zu euch setzen?"

„Kommt her!"

Die drei nahmen auf der gegenüberliegenden Seite des Tisches Platz. Norbert und Andy schauten in die Speisekarte und bestellten, für Gundel und Andy Vorspeisen und eine Pizza zusammen und für Norbert Spaghetti puttanesca. Als der Wein kam, hoben sie miteinander die Gläser.

„Seid ihr neugierig oder gibt es ein Rätsel zu lösen?", fragte Dietmar.

„Wenn ich ein Dahlemer Schlipsheini wäre, würde ich sagen, nein. Weil ich ein Kreuzberger bin, sage ich eher ja", antwortete Norbert

Dietmars Begleiterin lächelte.

„Er ist mein Ex, sozusagen." Sie küsste ihn auf die Wange. „Warum sozusagen?" Sie kannten Dietmar nur als zurückhaltend und indifferent, etwas bieder und langweilig kam er ihnen immer vor, auch bei den vielen Festen, die sie zusammen im Bergmannskiez gefeiert hatten. In diesem Moment machte seine Miene eine Verwandlung durch, die Verhaltenheit löste sich und verwandelte sich in ein vergnügtes Lächeln.

„Sie war meine Schülerin und ich ihr Lehrer."

Die momentane Sprachlosigkeit, die sie befiel, wurde durch Dietmars weibliche Begleitung unterbrochen, die ihnen das Glas entgegenstreckte.

„Ich heiße Melanie und komme aus Berlin Zehlendorf, wir können uns duzen. Es ist lange her, doch die damaligen Ereignisse waren hochdramatisch. Dietmar unterrichtete lange Zeit am Droste-Hülshoff-Gymnasium in den Fächern Musik, Deutsch und Geschichte. Wisst ihr überhaupt, dass er super Gitarre spielen kann?" Norbert schüttelte den Kopf.

„Er war damals schon so, wie ihr ihn wahrscheinlich kennt. Eher schüchtern und zurückhaltend. Als ich sechzehn war, habe ich mich auf der Stelle in ihn verliebt. Und dann kam alles das, was seine Folgen haben würde."

„Ich denke, Dietmar war verheiratet?", fragte Gundel.

„Aber nicht glücklich", sagte Melanie. „Doch das soll er euch selbst erzählen."

„Ursprünglich waren wir glücklich", nahm Dietmar den Faden auf. „Ich habe meine Frau Margrit geliebt, vielleicht liebe ich sie noch heute. Es lief mehr als zehn Jahre ganz normal, wir lebten mit Kontakt zu unseren Familien und hatten Freunde und Bekanntschaften. Doch Margrit wollte unbedingt ein Kind haben, und dann kam das Problem. Es klappte nicht, wir haben alles probiert und zum Schluss stellte sich heraus, dass sie es war, an der es lag. Mir hätte es nichts ausgemacht, aber Margrit wurde immer verbitterter. Schließlich konzentrierte ich mich immer mehr auf meinen Unterricht, blieb auch oft nachmittags in der Schule und bereitete mich da vor, weil das maue Klima zuhause schwer zu ertragen war." Melanie setzte das Gespräch fort.

„Ich habe ihn schon immer gemocht, die anderen Schülerinnen und Schüler auch. Er ist eher ein ruhiger Mensch, keiner, der von sich hermachen will, aber er war emphatisch und zugewandt, kein bisschen autoritär. Als ich sechzehn Jahre war, fing das alles an. Vielleicht gefiel mir auch das Väterliche in ihm, ohne dass es mir bewusst war, denn die Ehe meiner Eltern war miserabel. Ich suchte nun immer mehr seine Nähe, man könnte auch sagen, ich machte mich an ihn heran. Er merkte es sofort und versuchte zunächst, abzuwehren, doch auch er begann, Gefühle für mich zu entwickeln, ohne dass er es wollte. So kam es, dass wir eine Beziehung miteinander eingingen. Meistens trafen wir uns nachmittags in der Schule. Fast ein halbes Jahr ging es so, im Nachhinein war es die glücklichste Zeit in meinem früheren Leben. Doch eines Tages wurden wir erwischt."

„In flagranti?"

„Zum Glück nicht so ganz. Man erwischte uns, als wir uns umarmten, wir müssen wohl so weggetreten sein, dass wir niemanden gehört haben."

„Es war die reinste Hölle", sagte Dietmar. „In der Schule ging es sofort rum, mir kommt es so vor, als hätte am nächsten Tag schon halb Zehlendorf davon gewusst. Zehlendorf ist eben ein bürgerlicher Stadtteil und hat etwas Provinzhaftes. Meiner Frau habe ich natürlich sofort davon berichtet, bevor sie es von anderen erfahren konnte. Ihre Reaktion war Wut und Verzweiflung und ich konnte sie sogar verstehen, denn in ihr kam alles sofort wieder hoch, ihre Kinderlosigkeit und die damit verbundenen Minderwertigkeitsgefühle."

„Bei mir war es ähnlich", sagte Melanie, „meine Eltern tobten. Sie gingen sofort zur Schulleitung und zur Polizei. Ich musste auch sofort die Schule wechseln. Und dann begann alles, die Befragungen und Verhöre. Es war entsetzlich. Fast kam es mir damals vor, als würden sich die damit Beschäftigten daran aufgeilen, was ein älterer Lehrer mit einer minderjährigen Schülerin alles anstellen kann. Wir haben dichtgehalten, mehr als der sexuelle Missbrauch einer Schutzbefohlenen kam nicht dabei heraus, weil wir beide permanent abstritten dass es zu mehr als zu Zärtlichkeiten gekommen sei."

„Und war das so?" Melanie legte den Arm um Dietmar und küsste ihn auf die Wange.

„Natürlich nicht. Zu unserer Beziehung gehörte alles, was eine Beziehung zwischen Mann und Frau ausmacht. Er war mein erster Liebhaber und darüber bin ich bis heute froh, denn seine Zärtlichkeit und seine Rücksichtnahme waren das pure Glück für mich."

„Und wie ging es dir damals Dietmar?" Dietmar schaute zu Melanie, zufrieden lächelnd.

„Man hat mich natürlich auch auf eine andere Schule versetzt. Der Missbrauch, wie ihn Juristen ausdrücken, hat sich strafrechtlich nicht sonderlich ausgewirkt, ich kam mit einer Geldstrafe und richterlichem Zeigefinger davon. Doch meine Ehe war am Ende. Ich bin ausgezogen und habe die Wohnung im Bergmannkiez gemietet. Wenn es geht, möchte ich in ihr bleiben, vorausgesetzt, dass nicht plötzlich irgendein dubioser Investor das Haus kauft und es mit Luxuswohnungen sanieren will."

„Und wie ging es weiter?", fragte Gundel. Melanie und Dietmar lächelten.

„So wie vorher, eher noch intensiver, denn jetzt hatten wir sozusagen sturmfreie Bude. Und dann relativierte sich sowieso alles, weil Melly volljährig wurde." Melanies Züge nahmen einen nachdenklichen Eindruck an.

„So ganz auch nicht. Nach ein paar Jahren habe ich mich neu verliebt, in einen Jüngeren, wie es Dietmar mir immer vorausgesagt hatte. Doch ein Rest meiner Liebe ist geblieben." Beide schauten sich voller Vertrauen an, Dietmar streichelte Melanies Hand.

„Mannomann, das war ein Altersunterschied von dreißig Jahren! So etwas hat die Natur nicht vorgesehen, und ich habe das Melly schon von Anfang an gesagt, aber sie wollte nicht hören." Melanie lachte.

„Hat sich doch nicht viel verändert! Ich bin jetzt verheiratet und habe eine kleine Tochter. Und ich liebe Dietmar nach wie vor auf meine Weise, wenn auch nicht mehr körperlich, so wie früher. Mein Mann weiß Bescheid, ich treffe mich regelmäßig mit ihm, so auch heute. Oder Dietmar ist bei uns und wir unternehmen etwas gemeinsam. Wenn ich mit meinem Mann allein etwas unternehmen möchte, wohnt Dietmar bei uns und passt auf die Kleine auf."

Dietmar schmunzelte.

„Auf diese Weise habe ich doch noch ein Kind bekommen, wenn auch nicht so, wie es sich meine Frau Margrit vorgestellt hatte." Norbert dachte nach,

„Dann bleibt aber noch eine der Beteiligten über, und das ist deine Ex!" Dietmar zuckte mit den Schultern.

„Ein Trauerspiel. Ich besuche sie manchmal. Sie wohnt immer noch in unserer Zehlendorfer Wohnung. Ihre Verbissenheit scheint sich immer mehr in ihre Gesichtszüge einzugraben zu haben. Einen neuen Partner hat sie auch nicht. Weil bei mir immer noch ein Stück Zuneigung übriggeblieben ist, versuche ich, ihr zu helfen, doch das merkt sie nicht einmal."

Melanie nahm jetzt Dietmar in den Arm. Sie fuhr mit ihrer Nase kurz über die Cordjacke.

„Bist du Cordjackenfetischistin?", fragte Gundel.

„Ach was, Er trug in der Schule schon immer eine Cordjacke, ihr Geruch und sein Körpergeruch gehören für mich zusammen. In der letzten Zeit muss ich etwas auf ihn aufpassen, damit sie gereinigt wird, bevor sie einen speckigen Eindruck macht. Ab und zu braucht er auch mal eine neue."

„Und die wievielte ist das jetzt?"

„Die vierte." Dietmar lachte und stieß mit ihnen an.

Spät nach Mitternacht verließen sie das Restaurant. Als sie auf ihrem Weg zur U-Bahn die Fidicinstraße entlang gingen, gab es eine späte Reaktion von Norbert, der plötzlich sinnierte, in einer ungewohnten Sentimentalität.

„Nichts ist so, wie es scheint. Schaut euch die Fassaden der Häuser an, wie sich die Gardinen bewegen und die Lichter an- und ausgehen. Was sich dahinter abspielt, wissen wir nicht."

Nach dem Regenmonat November wurde Kreuzberg von einem Wetterumschlag heimgesucht, wie ihn der Stadtteil bislang selten erfahren hatte. Die Temperaturen Mitte Dezember sanken in den Keller, es gab krachenden Frost. Die Pfützen der Gehsteige und die Rinnen der Abläufe gefroren und selbst die Rinnsale des Bieres, die manchmal im Umfeld der Außenplätze der Kneipen normalerweise unauffällig auf die Straße liefen, wurden jetzt sichtbar und erzeugten eine gelbliche, Schicht, schmierig und hart zugleich.

Als Katharina mit Norbert telefonierte, wie es immer ein- oder zweimal in der Woche geschah, hatte sie eine Neuigkeit für ihn.

„Ich werde dich besuchen, mir ist danach und es bietet sich gerade an."

„Kannst du denn das Weingut anhalten?"

„Nein, aber es läuft um diese Zeit sowieso auf Sparflamme. Der 2010er muss noch bis zum Endpunkt gären und auf dem Berg ist im Moment gar nichts mehr zu tun. Wir haben neu eingestellt, nur halbtags, aber meine Mutter und Angelika schaffen das locker."

„Wer ist Angelika?"

„Kommt hier aus dem Ort, aus einer Winzerfamilie. Sie hat zwei kleine Kinder, ihr Mann arbeitet bei der Baustofffirma. Ein Blick auf unsere Konten zeigt, dass wir uns das leisten können, dank eures Einstieges und des Umsatzes des 2009er Silvaner, den ihr so gut vermarktet habt."

„Dann komm schnell her, ich freue mich auf dich!"

Ein paar Tage später traf Katharina in Berlin ein. Kurz vor Feierabend stand sie mit Gepäck im Laden. Norbert suchte in aller Eile noch ein paar Lebensmittel und Spezialitäten zusammen, packte sie in eine Stofftasche, die mit dem Logo des Ladens bedruckt war, gab sie Katharina und übernahm ihr Reisegepäck. Sie verließen den Laden. Vor der Tür wies er auf den Gehweg.

„Pass auf, Katharina, es ist sehr glatt! Niemand außer uns streut hier richtig!" Sie schaute ihm liebevoll und zugleich entschlossen in das Gesicht.

„Du hast mich noch gar nicht richtig begrüßt!"

Er zog die dick angezogene Katharina an sich, küsste sie auf den Mund und verweilte ein wenig. Aus den Augenwinkeln beobachtete er, wie seine Mitarbeiterin Johanna durch das Schaufenster die Szene betrachtete, offensichtlich hochinteressiert.

„Hier in Berlin scheinen die Menschen manchmal so neugierig zu sein wie in Iphofen. Komm!"

Als sie am Schlesischen Tor aus der U-Bahn stiegen, war für beide die Versuchung groß, kurz noch mal in das Schlesische Eck auf ein Feierabendbier einzukehren. Norbert wollte nicht.

„Wir sollten sehen, dass wir nach Hause kommen. Gundel und Andy wissen, dass du kommst und haben vielleicht noch was mit uns vor."

Als sie die Küche betraten, gab es ein großes Hallo. Andy hatte gekocht und servierte ihnen ein Kalbsragout mit Pilzen und Spargel, dazu natürlich einen 2009er Silvaner vom Weingut Bachner, Iphofen. Es wurde sehr spät, weil Andy ihnen viel über seine schauspielerischen Pläne für 2011 erzählte. Katharina wurde müde, und sie genoss es, zum Schluss mit Norbert ins Bett zu gehen, alles war warm und weich, so wie sie es gerne hatte.

Im Laden hatte sich der Betrieb normalisiert, Norbert und Andy wechselten einander ab, wie immer. Es gab jetzt viel zu tun, denn Weihnachten drohte und der Umsatz des Ladens ging in die Höhe, die Vorräte mussten kontrolliert und Bestellungen rechtzeitig aufgegeben werden. Wenn Norbert Ladendienst hatte, kam Katharina meistens mit und half ihm; es ergab sich so, dass er die Wein- und Getränkeberatung ihr überließ. Gundel war pausenlos beschäftigt; sie arbeitete außer in ihrem Beruf an der Umgestaltung der Praxis in ein Medizinisches Versorgungszentrum. Mittlerweile hatten sich zwei Kolleginnen gefunden, die mit ihr die Praxis zusammen eigenverantwortlich führen wollten.

An den freien Tagen beschäftigten sich Katharina und Norbert zuhause mit der Buchführung für das Weingut und dachten sich neue Ideen aus.

„Du solltest dir überlegen, ob wir nicht zusammen das Obergeschoss des Nebenhauses mit Bädern für die Zimmer umgestalten könnten, sodass wir sie an Kunden und Touristen vermieten könnten, Katharina!" Sie reagierte erst ablehnend.

„Wer soll das bezahlen? Und wer soll die Arbeit machen, die Betten beziehen und das Frühstück servieren? Und wo sollen die Ungarinnen wohnen?"

„Eines nach dem anderen. Wenn das Konzept so läuft, wie wir es ausgearbeitet haben, müssten wir im nächsten Jahr genug Kapital übrighaben, um zusammen mit einem Kredit den Umbau zu finanzieren. Und für das Housekeeping der Zimmer lässt sich auch in Iphofen bestimmt jemand finden, der in Teilzeit eingestellt werden kann. Notfalls muss es eben ausgelagert werden. Frühstück ist ein Problem. Gibt es eine Gaststätte in der Nähe, in der die Gäste frühstücken könnten?"

Katharina nickte. „Um die Ecke. Es ist mein Cousin, der sie führt."

„Na bestens. Könnten die Gäste da auch abends einkehren?" „Natürlich."

„Dann sieh man zu, dass er eure Weine auf der Karte hat." „Hat er sowieso."

„Kommen wir zu den Ungarinnen. Die aktive Zeit der Lese beträgt nicht mehr als vier Wochen, in dieser Zeit könnten die Zimmer eben nicht vermietet werden. Die restlichen 48 Wochen des Jahres stehen sie leer. Es ist auch überhaupt nicht entscheidend, dass ihr an der Vermietung viel verdient. Entscheidend ist, dass die Bereitstellung von Unterkünften zur Kundenbindung führt, so machen das viele Weingüter mit Erfolg. Überleg dir das!" Katharina wurde nachdenklich.

„Ich muss das erst mit meiner Mutter und meiner Schwester besprechen."

Abends unternahmen sie viel, auch außerhalb von Kreuzberg. Katharina liebte Musikaufführungen, so gingen sie manchmal in die Oper. Die Staatsoper hatte gerade wegen Renovierung geschlossen, und so wichen sie in die Komische Oper in der Behrenstraße aus, ein von außen unspektakuläres Gebäude. Norbert genoss es besonders, wenn sie aus der knackenden Kälte der nüchternen Stadt in den mit prächtigem Stuck und kristallenen Lüstern verzierten Innenraum des Opernhauses eintraten. Unvermittelt und angenehm umfing sie dann die Wärme, während der schwere Plüschvorhang sich hob und den Blick auf ein opulentes Bühnenbild freigab, während das Orchester die Ouvertüre spielte.

Oft besuchten sie zusammen mit Gundel und Andy die Lolly Bar, wenn Katharina Lust zum Tanzen hatte, oder sie fuhren zur Ankerklause oder zur Lausitzer Quelle. Ins Schlesische Eck gingen sie regelmäßig, das war schließlich ihre Stammkneipe, allein schon wegen der kurzen Entfernung zur Wohnung. Ab und zu trafen sie auf Milla, Rocker-Dave oder die üppige schwarzhaarige Gesa mit ihrem Mann Harald. Nur Till ließ sich nicht mehr sehen, und als sie Milla nach ihm fragten, zuckte sie mit den Schultern und sagte, sie wisse auch nicht, wo er sich zurzeit aufhalte.

Kurz vor Weihnachten brachte Norbert Katharina zum Bahnhof, denn sie wollte ihre Mutter während des Festes nicht in Iphofen allein lassen. Vorher hatte es Disput gegeben.

„Warum kommst du nicht mit? Ich muss nach Hause fahren, Susanne wird nicht aus Spanien kommen, sie kann ihr Weingut in Katalonien nicht allein lassen und ist zudem der Familie ihres Mannes verpflichtet. Du könntest doch deine Eltern in Ochsenfurt besuchen, die siehst du doch sowieso nur selten!"

„Das wird mit dem Laden zu schwierig, Katharina. Gundel ist zu ihrer Familie gefahren, Andy mopst sich und hat schlechte Laune und der Laden kann nicht heruntergefahren werden, weil die Tage um Weihnachten herum die umsatzstärksten des Jahres sind, der reinste Stress. Gleich nach Weihnachten kommt das Silvester- und Neujahrsgeschäft, und dann haben wir ebenfalls alle Hände voll zu tun. Danach kommt der Jahresabschluss für die Buchhaltung und die Inventur. Meine Eltern wissen das und haben dafür Verständnis, dass ich gerade zu Weihnachten nicht verreisen kann. Im Übrigen habe ich noch drei Geschwister, meine Eltern werden also nicht allein sein."

„Dann komme ich kurz vor Silvester wieder zu euch. Ich könnte noch eine Woche bleiben, danach muss ich auf den Wein aufpassen, ein Teil wird bald fertig sein."

Am Tag vor Silvester, einem Donnerstag, hielt am späten Abend ein Taxi vor der Tür des Hauses am May-Ayim-Ufer. Katharina stieg mit einem Rollkoffer aus und ließ sich von dem Taxifahrer zwei Kartons aus dem Kofferraum herausholen. Sie bezahlte, ging zur Tür und klingelte, während das Taxi davonfuhr. Norbert öffnete ein Fenster und blickte nach unten.

„Habe schweres Gepäck dabei, du musst mir helfen", rief Katharina bittend hinauf.

Sie brachten Katharinas Gepäck und die beiden Kartons nach oben.

In der Wohnung legte Norbert den Zeigefinger an die Lippen, nachdem sie sich umarmt hatten.

„Wir müssen still sein, Andy schläft, er ist völlig kaputt."

„Warum?"

„Im Laden war heute ein Höllentag. Wir waren zwar beide im Laden, doch Andy musste allein mit Wilfried bedienen, weil Martin Wally an der Frischetheke helfen musste. Johanna war pausenlos dabei, frische Salate und kalte Vorspeisen zu machen und ich bin zwischen Kühlraum, Keller und Küche hin- und hergelaufen, um Nachschub zu holen. Zwischendurch habe ich noch Kunden bedient, die bestellte Sachen abgeholt haben und musste noch neues Obst und Gemüse vom Großmarkt beschaffen. Wir haben heute so viel Umsatz gemacht wie sonst in einer ganzen Woche."

„Ist doch schön!"

„Ja schon, aber wir sind dementsprechend fix und fertig. Morgen ist Silvester und bis Mittag haben wir noch auf. Hoffen wir, dass wir bis auf das Liefern und Ausgeben der bestellten Sachen nicht mehr so von den Kunden heimgesucht werden."

„Und wo ist Gundel?"

„In der Praxis. Aus der kommt sie im Moment auch nicht heraus, denn während die Patienten behandelt werden müssen, wird die Praxis gerade umgebaut. Nach Neujahr soll das geplante MVZ starten. Wenigstens hat sie jetzt Hilfe von ihren beiden zukünftigen Kolleginnen."

Katharina nahm Norbert in ihre Arme.

„Da haben es die Weinbauern in dieser Zeit besser. Wir haben so wenig zu tun wie sonst nie. Willst du nicht nach Iphofen kommen und bei mir bleiben?" Norbert zog die Augenbrauen hoch.

„Mach dir doch nichts vor. Dir ist doch auch gerade deine fränkische Heimat auf den Geist gegangen, sonst wärst du jetzt nicht gekommen!" Katharina stutzte kurz und lächelte ihm dann zu.

„Dann gib mir wenigstens einen Kuss!" Norbert tat es.

„Und was kommt danach?", fragte er. Katharina lächelte.

„Das überlasse ich deiner Fantasie."

Sie gingen zusammen in Norberts Zimmer.

Am späten Abend kam Gundel zurück. Sie war völlig erschöpft und lehnte sich auf ihrem Küchenstuhl zurück, ein kaltes Bier aus dem Kühlschrank in der Hand. Andy war wachgeworden und saß mit Shorts und T-Shirt neben ihr.

„Was sind das für Kartons auf dem Flur?" Katharina antwortete.

„Eure Weihnachtsgeschenke. Ein Karton für euch und einer für Norbert. Darin ist Eiswein, mehr als zehn Jahre alt, von Silvaner und Riesling vom Weingut Bachner in Kleinflaschen. Er ist zuckersüß, im Prinzip ein Dessertwein. Ein paar Flaschen könnten wir morgen knacken. Ihr könnt die Kartons auf den Balkon stellen, er erfriert nicht und wird sowieso besser in eiskaltem Zustand getrunken. Ich mache euch einen Vorschlag: ihr habt ja morgen noch bis Mittag zu tun und ich habe Zeit. Ich könnte zu Rogacki in der Wilmersdorfer Straße in Charlottenburg fahren. Rogacki ist eines der größten Feinkostgeschäfte in Berlin und spezialisiert auf Fisch und Meeresfrüchte, alles frisch und von bester Qualität. Ich kaufe ein und ihr bringt ein bisschen Käse, Brot und Ibericoschinken aus dem Laden mit. Getränke sind genug hier. Wenn ihr zurück seid, ruhen wir uns aus machen anschließend einen Kreuzberger Spaziergang. Und abends feiern wir zuhause richtig üppig Silvester mit allem Drum und Dran, natürlich gut angezogen."

Andy zog Gundels Kopf an sich, küsste sie aufs Ohr und fragte: „Was sagst du dazu, Gundel. Gefällt dir das oder willst du lieber tanzen gehen?" Gundel lächelte. „Hört sich vielversprechend an, was Katharina angeboten hat."

„Dann habe ich wohl nichts mehr zu sagen", meinte Norbert.

Als Katharina am späten Mittag des nächsten Tages nach Hause kam, bepackt mit Rucksack und Tragetaschen, waren Gundel, Andy und Norbert schon von der Arbeit zurückgekommen und lagen noch im Bett. Nach und nach standen sie auf und machten sich zusammen auf den Weg, dick angezogen, denn die erbärmliche Kälte der letzten Tage hatte angehalten.

Draußen war es seltsam ruhig. Es war die Ruhe eines Nachmittags vor einem lärmenden Fest, man spürte es. Nur ein paar vereinzelte Knaller unterbrachen die Stille und ab und zu konnte man die Lichter von Feuerwerksraketen am Himmel sehen. Die Spree, jetzt schiff- und bootlos, floss ruhig und selbstbewusst in ihrem Bett entlang, kein Wellengeräusch war zu hören und so waren die einzigen Geräusche an ihrem Ufer das Krächzen der Nebelkrähen, dieser Geschöpfe des Kreuzberger Winters.

Sie gingen die Köpenicker Straße entlang. An dem Hof, in dem Tills Atelier lag, machten sie Halt und gingen hinein.

„Ich möchte mal schauen, ob er da ist", sagte Norbert, „wir haben ihn schon seit Wochen nicht mehr gesehen." Auf dem Weg zum Atelier verscheuchten sie zwei Ratten, die sich an einem umgekippten Mülleimer zu schaffen gemacht hatten. Norbert versuchte, die Eisentür vor dem Eingang zu öffnen. Er rüttelte. Nichts ging.

„Große Hoffnung habe ich mir sowieso nicht gemacht. Er hat mir immer erzählt, dass er in strengen Wintern in seine Wohnung ausweichen muss, weil sich das Atelier nicht richtig heizen lässt."

In der Manteuffelstraße bogen sie nach links ab, vorbei an der Markthalle 9. Durch den Wrangelkiez gingen sie nach Hause. Überall das gleiche Bild: die kleinen Geschäfte, Handwerksläden und Restaurants versperrten sich, zeigten abwesende Gesichter, ganz gegen Kreuzberger Gewohnheit.

„Wart mal ab, was heute Abend hier los ist", sagte Gundel.

In der Nähe des Schlesischen Tores hatte eine türkische Bäckerei noch offen. Katharina kaufte Petit Fours und Blätterteiggebäck als Nachspeisen für ihr Silvestermahl.

Es wurde dunkel. Als sie die Wohnungstür öffneten, schlug ihnen angenehme Wärme entgegen. Sie setzten sich an den Küchentisch. Katharina hatte den Raum mit Luftschlangen und anderen Utensilien wie Schornsteinfegerfiguren aus Pappmaché dekoriert. Norbert holte aus dem Kühlschrank eine Flasche Champagner. Sie tranken. Etwas später standen Gundel und Katharina auf und verschränkten ihre Arme ineinander. Katharina gab eine Art Anweisung.

„Wir haben uns eine Überraschung für euch ausgedacht. Ihr geht jetzt in eure Betten und wartet auf uns. Wenn wir uns wieder melden, steht ihr auf und zieht euch festlich an, wir haben schließlich Silvester. Wenn ihr damit fertig seid, klopft ihr an die Tür. Wenn wir euch rufen, könnt ihr kommen. Es soll so ähnlich sein wie zu Weihnachten." Die

Männer zeigten sich überrascht, doch sie folgten und machten es so, wie es ihnen die Frauen vorgeschlagen hatten. Andy versuchte, sich mit seinen Texten zu beschäftigen und Norbert sah die Zeitungen durch, die er neben seinem Bett gestapelt hatte. Nach einiger Zeit wurden sie von den Frauen gerufen.

Gundel und Katharina standen vor ihnen in der Küche. Sie hatten kurze, elegante Kleider angezogen, dazu trugen sie seidige Strumpfhosen und hochhackige Schuhe. Gundels Kleid bot ein überaus leckeres Dekolleté, die Begeisterung darüber stand Andy sofort im Gesicht. Die Männer hatten sich mit schwarzen Hosen, schwarzen Jacketts und weißen Hemden bekleidet. Katharina knipste das Licht an.

Den Küchentisch hatten die Frauen mit einer blütenweißen Damastdecke überzogen, auf ihm standen Platten mit Delikatessen. Es türmten sich Meeresfrüchte, Austern, Hummerscheren, Garnelen, Krabben neben Lachs, geräuchert und mariniert, dazu ein Teller mit sauren Heringen. Eine Platte mit verschiedenen auserlesenen Käsesorten und Räucherwaren sowie ein Korb mit knusprigem Brot von Feinkost-Renner rundeten das Bild ab.

„Wir wollten es euch schön machen", lächelte Gundel.

Es wurde ein Festmahl. Zum Schluss gab es die Süßspeisen vom türkischen Bäcker mit dem Eiswein des Weingutes Bachner. Sie schlemmten hemmungslos, bis nichts mehr in sie hineinpasste. Draußen wurde es lauter, der Jahreswechsel kündigte sich an. Sie öffneten die Fenster, es knallte und zischte. Nach dem Essen wurden die Frauen müde. Gundel machte einen Vorschlag.

„Wir ruhen uns jetzt erst einmal aus, gehen wieder kurz in die Betten und kuscheln ein bisschen. Dann ziehen wir uns um, begrüßen das Neue Jahr und machen noch eine

Kneipenrunde, Silvester verlangt das, jedenfalls hier in Kreuzberg." Der Vorschlag kam an.

Sie brauchten nicht geweckt werden, denn das Küchenfenster stand offen und ein Höllenlärm drang gegen Mitternacht herein. Die Spree wurde taghell erleuchtet, verursacht durch jede Menge Lichter und Raketen, die über sie hinweg pfiffen. Das Läuten der Glocken der vielen Kirchen konnte das Feuerwerk nicht übertönen, merkwürdiger Gegensatz zu Iphofen, dachte Katharina, denn das Glockengeläut von St. Veit war in ihrer Erinnerung immer das lauteste Geräusch zu Silvester gewesen, alles andere übertönend, so wie Kirche, Religion, Zurückhaltung und Biederkeit in ihrer Heimatstadt alle anderen Gelüste dominierten, sogar die Heimlichkeiten. Andy öffnete den Kühlschrank, holte wieder Champagner und sie stießen gemeinsam auf das Neue Jahr 2011 an, jetzt wieder in Jeans und Hemden oder Pullover gekleidet.

Kurz nach Mitternacht verließen sie das Haus und machten sich auf den Weg ins Schlesische Eck.

Die Tür der Kneipe stand offen, Schwaden von Zigarettenrauch drangen in die kalte Silvesterluft. Drinnen war es brechend voll, keine Chance auf einen Sitzplatz. Meinolf, der Wirt, hatte sich an der Theke Verstärkung von seiner Frau und ihrer Freundin geholt, so kamen sie wenigstens zu einem Bier. Milla saß mit einem Sektglas inmitten einer Runde und hatte einen schwarzen Rock und eine elegante Bluse an. Auch Rocker-Dave war zugegen, nur Till sahen sie wieder nicht.

Draußen standen die Menschen Schlange vor dem Burgerladen, während die U-Bahn über ihnen entlang dröhnte.

Die kleinen Restaurants um die Ecke, der Türke, der Vietnamese und der Italiener waren ebenso restlos überfüllt;

viele saßen in Mänteln und dicken Jacken auf den Außenplätzen.

Sie blieben im Schlesischen Eck bis kurz nach zwei. Zuhause sanken sie müde in die Betten.

Katharina blieb bis zum Wochenende nach Silvester. Sie hatte viel Zeit, denn Norbert musste wegen der Inventur außer zu den normalen Zeiten oft im Geschäft sein. Abends sprachen sie über Norberts Pläne mit dem Umbau des Nebenhauses in Iphofen. Katharina hatte sich mit ihrer Mutter und ihrer Schwester damit beraten.

„Im Prinzip wären sie damit einverstanden. Doch lass uns noch ein wenig Zeit! Wir wollen damit warten, bis wir den 2010er nach deinen Vorschlägen vermarktet haben. Wir müssen wissen, ob und wie dein Konzept aufgeht." Norbert nickte. „Verständlich."

Zu einer Vernissage in der Linienstraße in Mitte hatte Norbert von einem Kunden Karten bekommen, Katharina und Norbert gingen hin. Sie blieben nicht allzu lange, denn sie wollten noch einen Abstecher in die Torstraße machen; hier sollte sich eine kleine Kultur- und Kneipenszene entwickelt haben. An der Ecke zur Tucholskystraße hielt Katharina plötzlich inne.

„Du, Norbert, ich glaube, ich habe gerade Till gesehen!" Sie wies mit dem Finger auf die andere Seite der Torstraße.

Dort stand das „Restaurant Tucholsky", ein bürgerliches Restaurant mit deutscher Küche und Biergarten. Die Torstraße war stark befahren, es dauerte eine Weile, bis sie auf der anderen Seite waren. Sie schauten durch die Fenster des Restaurants.

Und tatsächlich, da saß Till, umgeben von zwei Frauen. Die eine kannten sie, es war Sandy. Die andere Frau machte einen etwas flippigen Eindruck; sie hatte eine Seite ihres Kopfes kahl rasiert, die andere Seite lang gelassen, sodass ihre pechschwarzen Haare herunterhingen. Im Nacken war sie tätowiert. Und noch etwas machte sie aufmerksam.

Neben der fremden Frau stand ein Kinderwagen am Tisch. Katharina und Norbert schauten sich an.

„Wollen wir hineingehen?" Katharina fasste Norbert entschlossen an die Hand. Sofort nach dem Hineinkommen entdeckte Till sie und sprach sie an.

„'n Abend, ihr beiden!"

„'n Abend, Till!"

„Meine Begleitung habt ihr noch nicht begrüßt. Sandy kennt ihr ja." Sandy lächelte. „Und auf der anderen Seite sitzt Carolin. Und das Kind neben ihr im Kinderwagen ist Laura, meine Tochter."

Katharina und Norbert verschlug es die Sprache. Till merkte es.

„Setzt euch doch zu uns, hier am Tisch ist genug Platz."

Nachdem sie sich gesetzt hatten, kam die Bedienung. Norbert bestellte für Katharina und sich Weißwein und Mineralwasser und schaute in die Speisekarte. Als er sich gefasst hatte, wandte er sich an Till.

„Wir hatten uns gewundert, dass wir dich schon so lange nicht mehr im Schlesischen Eck gesehen haben." Das Kind begann zu weinen. Carolin reichte es Till, er nahm es auf den Arm und versuchte, es zu beruhigen und als es ihm nicht gelang, reichte er es an Sandy weiter. Es war sofort still.

„Wir mussten uns um Laura kümmern. Carolin ist vor vier Wochen mit ihr aus Düsseldorf gekommen."

„Wieso Düsseldorf?"

„Sie studiert in Düsseldorf, auf der Kunstakademie. Wir hatten uns im letzten Winter auf einer Karnevalsfeier der Akademie getroffen. Ich kenne die Akademie, habe selbst ein paar Semester da studiert. Und, na ja, zu dieser Zeit ist Laura entstanden." „Und wie lange weißt du schon, dass du eine Tochter hast?"

„Auch erst seit vier Wochen." Carolin erklärte:

„Ich vermutete zwar, aber ich wusste nicht genau, ob Till der Vater ist. Als das Kind auf der Welt war, habe ich einen DNA-Test machen lassen und der brachte dann Sicherheit."

„War Till denn zu dem Test nach Düsseldorf gekommen?"

„Nein, aber das war kein Problem. Im Bad habe ich Fingernägel von ihm gefunden."

„Die hätten doch auch von dir stammen können!"

„Nicht möglich. Ich schneide meine Finger- und Fußnägel immer auf dem Balkon."

Sie brachen in Heiterkeit aus und Till stieß mit Sandy, Katharina und Norbert auf das Kind an.

„Leider kann Carolin nicht mit uns anstoßen, weil sie stillt. Das ist das Einzige, was nur sie allein tun kann. Sonst ziehen wir unser Kind gemeinsam auf", sagte Till. Sandy setzte hinzu:

„Laura macht uns viel Freude. Zu mir sagt sie jetzt auch schon Mama."

Sie erzählten, dass Carolin ein Jahr auf der Akademie aussetzten wolle und mit dem Kind bei ihnen wohne. Tills Wohnung sei gerade groß genug, und das Baby habe seine Ecke in ihrem Besuchszimmer, das vorübergehend als Atelier diene. Till ergänzte:

„In dem Atelier an der Köpenicker Straße kann ich vorübergehend nicht arbeiten, weil es zu kalt ist. Wenn der

Frühling kommt, machen wir es uns ebenfalls da wohnlich, wird sich schon ein Weg finden. Und irgendwann werden wir auch wieder ins Schlesische Eck gehen. Im Moment geht das nicht, wir müssten dann Laura mitnehmen, die können wir doch nicht dem Tabakrauch aussetzen!"

Damit erklärt sich, dass wir Till so lange Zeit nicht mehr gesehen haben, dachte Norbert. Sie blieben noch eine Weile zusammen, während Katharina und Norbert zu Abend aßen. Dann fuhren alle zusammen mit der U-Bahn zurück nach Kreuzberg. Am Schlesischen Tor trennten sie sich.

Als Katharina und Norbert zuhause ankamen, waren Gundel und Andy noch wach und saßen in der Küche. Norbert berichtete, was sie erlebt hatten.

„Kreuzberger Verhältnisse." Andy warf seinen Kopf zurück und schaute ironisch in die Runde. „Auch hier vermehren sich die Menschen."

„Für mich lass ich das lieber erst mal bleiben", antwortete Norbert.

Warum und wie Till jetzt so lebte, konnte er trotzdem verstehen. Es geht nur, wenn man sich auf zwei archaische Gedankengüter verlässt, wie die Menschheit es seit Jahrtausenden tut und sich damit rettet. Es sind die Hoffnung und die Fantasie. Das ist kaum irgendwo intensiver zu spüren als in Kreuzberg, Stadtteil von Berlin.

Der Winter setzte sich fest, hart und unerbittlich. Der Berliner Senat schaffte es nicht oder hatte anderes zu tun, um die Gehsteige von Eis und Frost zu befreien, während sich die Unfallstationen der Krankenhäuser mit Menschen füllten, die gestürzt waren. Katharina fuhr am Montag nach der Silvesterwoche zurück nach Iphofen. Vorher hatten Norbert und Andy noch im Laden ein Paket mit Lebensmitteln zusammengestellt, das Katharina mitnehmen sollte, mit einer Auswahl der neuen Weinetiketten für das Weingut.

„Schau dir das gut an, Katharina. Wir bleiben in Verbindung. Wenn du dich mit deiner Mutter entschieden hast, sagst du uns Bescheid, und innerhalb einer Woche bekommst du den Bedarf für euren gesamten Jahrgang 2010."

„Wird dann auch Zeit, denn wir müssen langsam anfangen, abzufüllen. Kannst du mir etwas versprechen?"

„Lass mich nicht so lange allein!"

„Ich werde mich bemühen." Als sie sich umarmten, spürte Norbert bei ihr einen Hauch von Traurigkeit. Martin fuhr mit dem Kleinbus von Feinkost-Renner vor, um Katharina zum Bahnhof zu bringen. Sie stieg ein und Norbert ging in den Laden.

Es blieb kalt in Berlin. Bis zur Mitte des Februars gefror über Nacht das Tauwasser, das tagsüber herabgetropft war, zu spiegelnden Pfützen und von Eis umhüllten Gehsteigkanten. Nur langsam nahm die Kraft der Sonne zu.

Mehrfach in der Woche telefonierten Katharina und Norbert miteinander. Katharina war jetzt ausschließlich mit dem Testen und Probieren des Weines beschäftigt, um den richtigen Zeitpunkt zum Abfüllen zu beurteilen, das Wichtigste, welches eine gute Weinbäuerin beherrschen muss. Dabei kommt es darauf an, auch dem trockenen Wein einen geringen Teil an Restsüße zu belassen, um Charakter und Fülle zu erzeugen.

Weil Ostern noch in der Ferne lag, war es im Wilmersdorfer Geschäft vergleichsweise ruhig. Katharina, die das wusste, bat Norbert, nach Iphofen zu kommen; der Auftritt zur Frankfurter Weinmesse im April müsse vorbereitet sein und überhaupt, sie wolle ihn mal wieder sehen. Gundel hatte jetzt mehr Zeit, weil die Umbildung der Praxis abgeschlossen war, und Andy erklärte sich einverstanden, also fuhr Norbert nach Iphofen.

Als er über das Einersheimer Tor in das Städtchen hineinfuhr, kam es ihm vor, als seien seine Bürger geflohen. Kein Laut war zu hören, der Ort wirkte verlassen und Bewegung gab es auch nicht, nicht einmal den Schleichgang einer müden Katze. Die Gasthöfe und Hotels waren geschlossen und der Italiener am Marktplatz hatte seine Eisdiele mit einem Scherengitter versperrt. Kein Wunder, dachte Norbert, Einzelgeschäfte gibt es nicht mehr und die Einwohner kaufen in den Supermärkten außerhalb der Stadt ein. Der Rest der Einwohner war gerade von der Arbeit gekommen und hat sich zum Ausruhen hingelegt.

Die Haustür vom Weingut der Bachners war wie immer unverschlossen. Als er eintrat, lief ihm Katharina entgegen, sie umarmten sich. Aus ihrem Zimmer quoll ihm Wärme entgegen. Sie fassten sich an die Hand und Norbert zögerte einen Moment, als Katharina ihn gleich in ihr Zimmer ziehen wollte. Er ging ein Stück weiter und öffnete Susannes Zimmer, Eiseskälte schlug ihm entgegen.

„Was willst du da?"

„Na ja, ich dachte, ich solle in Susannes Zimmer schlafen. Letztes Mal war es wohl ein Notfall, als ich bei dir geschlafen hatte, du warst ja verletzt!"

„Spinn nicht rum!"

Als sie im Bett lagen, tranken sie Katharinas Spätburgunder von 2006, von dem sie zwei Flaschen mit Gläsern an das Bett gestellt hatte. Sie erklärte, dass sie keinen Silvaner genommen habe, weil er sich zu schnell erwärme.

„Pass auf, dass du keine Flecken machst, Rotweinflecken lassen sich nur schwer entfernen."

Norbert zog Katharinas Kopf an sich und küsste sie zärtlich.

„Wo Menschen zusammen im Bett liegen, gibt es immer Flecken." Sie rückte zu ihm hin.

Am nächsten Morgen stiegen sie den Schwanberg hoch. Eine kristallene Klarheit lag in der Luft. Die Reben wirkten in ihrer Schwärze wie ein Konglomerat von Scherenschnitten, das sich über den Hang streute. Doch es war Verhaltenheit zu spüren; bald würden sich Knubbel an dem so tot erscheinenden Holz bilden, damit aus ihnen neues Leben und neue Frucht sprießen könne.

Auf der Höhe des Hanges erreichten sie die Hütte des Weingutes am Echterberg. Sie setzten sich, drückten ihre Körper aneinander, angenehme Nähe und Wärme verspürend. Die Landschaft des Maintales lag in ungewohnter Konkretheit vor ihren Augen, denn außerhalb des Winters verdeckten oft Luftschwaden in Form von Wolken und Nebeln die Sicht, denen die Glut der Sonne über das Jahr ihre Feuchtigkeit entzieht, um sie dem Wein zuzufügen.

Der Zeitpunkt für die Frankfurter Weinmesse rückte näher. Der Messestand für das Weingut Bachner, neu konzipiert von Norberts Kreuzberger Designer, musste realisiert werden. Katharina hatte vorgearbeitet und sich mit einer Schreinerei in Kitzingen in Verbindung gesetzt, die auf den Bau von Messeständen spezialisiert war. Die hölzernen Schwarten vom alten Messestand lagen auf dem Hof und warteten darauf, in dem offenen Kamin neben der Sitzecke verbrannt zu werden.

Sie sahen sich zusammen die Zeichnungen an und besprachen die Maße des Standes.

„Alles nur in Schwarz und Weiß?", fragte der Schreiner.

„Genauso", antwortete Norbert und zeichnete auf dem Entwurf einen Kreis mit Filzstift auf das geplante breite, weißbeschichtete Holzbrett mit der Inschrift „Weingut Bachner" oberhalb des Tresens.

„Was soll das werden?"

„Da kommt ein Bildnis der Queen hin, umgeben von einem goldfarbenen Band mit der Inschrift: Julius-Echter-Berg, Weinberg für den Wein der Queen."

„Das war er doch nur einmal gewesen, im Jahr 1953, und das ist ewig her!", wandte Katharina ein. Norbert schmunzelte.

„Erst einmal stimmt das nicht, denn das Juliusspital Würzburg hat den Wein später noch mehrfach an die Queen geliefert. Und außerdem ist das Werbung. Und Werbung ist nun einmal die Hure der Information, so war es schon immer. Wir haben ja nichts Falsches ausgesagt, und die Abbildungen und Weinbestellungen der Queen sind nicht urheberrechtlich geschützt. Also sollten wir sie auch verwenden."

Die Weinmesse fand diesmal relativ spät statt, weil auch Ostern sehr spät lag. Als Katharina und Adelheid am Abend mit Norbert zusammensaßen, regte er an:

„Wäre schön, wenn wir den 2010er Silvaner vom Echterberg zu diesem Zeitpunkt schon hätten. Ist das machbar?" Katharina zuckte mit den Schultern.

„Kann ich noch nicht sagen. Er entwickelt sich jedenfalls normal. Eine kleine Menge kriegen wir wohl hin, mit der Einschränkung, dass er noch ein bisschen moussieren wird."

„Mag ich sogar ganz gern. Und was ist mit dem Müller?"

„Das geht. Der ist früher fertig."

„Haben wir denn noch 2009er oder 2008er Silvaner?" „Restmengen, nicht mehr soviel."

„Dann etikettieren wir doch den Rest mit den neuen Etiketten um, bieten ihn an und verkaufen ihn in derselben Aufmachung zusammen mit den aktuellen Weinen!" Katharina und Adelheid nickten, sie fanden Norberts Idee gut.

Kurze Zeit, nachdem Norbert wieder zurück nach Berlin gefahren war, begann in Iphofen der Frühjahrsschnitt der Reben. Da die Bachners jetzt mit Angelika eine Angestellte hatten und zudem Dorottya aus Ungarn gekommen war, musste Adelheid nicht mehr auf dem Weinberg mitarbeiten und konnte sich auf den Vertrieb und Versand konzentrieren. Zwischendurch halfen zusätzlich Gundel und Andy beim Schnitt aus. Dafür hatten sie sich extra eine Woche frei genommen. Als sie nach Kreuzberg zurückkamen, waren sie begeistert. Gundel erzählte, sie seien jeden Abend durch das Städtchen gegangen und es sei beeindruckend gewesen, wie sich dessen Geschäftigkeit im Einklang mit dem frühlingshaften Wachstum der Natur und des Weines entfaltete; ein natürlicher Gleichklang, den man in einer Großstadt wie Berlin gar nicht mehr spüre. Andy setzte hinzu, er habe das Gefühl gehabt, auch die Einwohner seien nach diesem harten Winter Schritt für Schritt aufgetaut; so habe er bemerkt, dass sie aus ihrer winterlichen Lethargie eine südliche Gelassenheit und ein gewisses Temperament – soweit es ihre fränkische Mentalität erlaubte – in der Form entwickelt hätten, dass sie vermehrt gegenseitige Nähe suchten, indem sie sich trafen und die Weinstuben und Gaststätten bevölkerten, auch im Verein mit den Touristen, deren steigende Anzahl er wahrnahm.

Zur Frankfurter Weinmesse kehrte Norbert wieder zurück und traf sich mit Katharina in einem Hotel in Frankfurt- Sachsenhausen, wo sie während der Messe wohnten. Der neue Messestand des Weingutes Bachner erregte zunächst in seiner kompromisslosen Schlichtheit bei den Kunden Aufsehen. Norbert half Katharina, indem er mit ihnen über Lieferbedingungen und Rabatte sprach, während sich Katharina auf die Verkostung konzentrierte. Beide trugen normale Businesskleidung, keine Spur mehr von dem Weinköniginnenlook, mit dem sich Katharina all die Jahre zuvor verkleidet hatte. Doch alles kam an und so konnten sie sich am Ende der Messe über ein gut gefülltes Auftragsbuch freuen.

Zu Ostern waren Gundel, Norbert und Andy wieder unter sich. In Iphofen waren Susanne und ihr Mann für ein paar Tage zu Besuch gekommen, ganz gut, dass er ihnen nicht begegnen musste, dachte Norbert. Jeden Abend riefen sich Katharina und Norbert an; Norbert merkte, dass Katharina wieder Lust auf Kreuzberg verspürte.

„Den Schnitt der Reben haben wir schon lange erledigt und die 2010er Weine sind fertig. Das Abfüllen und Verkaufen können meine Mutter und Angelika eine Weile ohne Hilfe schaffen."

Ein paar Tage später, an einem Freitag, kam Katharina nach Kreuzberg.

Das Wetter war maienhaft schön, ungewohnt für Katharina, denn sie kannte Kreuzberg bisher fast nur bei schlechtem Wetter, also im Normalzustand. Gundel und Andy waren nicht da, sie und Norbert saßen auf dem Balkon der Wohnung am May-Ayim-Ufer und schauten auf die Spree. Ab und an kamen Ausflugsschiffe vorbei und sie entgegneten die Grüße der winkenden Passagiere, die auf dem Oberdeck saßen und es genossen, wie Berlin langsam an ihnen vorbeizog. Auf der Oberbaumbrücke war ebenfalls Betrieb, die Menschen, meist junge Mädchen, frühlingshaft bekleidet mit Shirts und Miniröcken, strömten zur Arena auf der anderen Seite der Spree, denn es war ein Rockkonzert angesagt. Katharina, bestens gelaunt, hatte einen Vorschlag.

„Wie wäre es, wenn wir morgen Abend einen Vierertisch außen im österreichischen Restaurant an der Spree gegenüber unserer Wohnung für uns und Gundel und Andy reservierten? Und dann würde ich gerne am Sonntag eine richtige Spreeschifffahrt mit dir machen, bis zum Müggelsee und zurück oder so ähnlich." Norbert erklärte sich einverstanden. Sie blieben noch eine Weile, dann gingen sie nach draußen. Es war bereits Abend und die Gegend um das Schlesische Tor war voller Betrieb. Etwas Neues fiel Katharina auf. Sie hatte Kreuzberg fast nur in der Kälte oder bei schlechtem Wetter erlebt, doch jetzt erlebte sie eine neue Sinnlichkeit: seine Dünste.

Die sonnige Trockenheit der letzten Tage hatte die Straßen und Plätze erwärmt, so dass sie ihren staubigen Geruch, zugleich petrolig und dieselig, an die Umgebung abgaben. Zugleich nahm sie die aus den Restaurants und Lokalen intensiv strömenden Ausdünstungen wahr, nach Bier, Knoblauch, Zwiebeln, orientalischen Gewürzen und süßen Kuchen. Zusammen ergab sich eine Symphonie großstädtischer Düfte, ordinär und manchmal lästig, doch zugleich anregend.

Die Menschen saßen dichtgedrängt auf den Außenplätzen der Kneipen, herdenartig zusammengedrängt, schlürfend, grunzend, genießend, sich mögend oder nicht mögend, hübsche Frauen in schwarz, rot oder blond, stämmige Männer mit Bärten oder schmächtige Studententypen, bebrillt und altklug aussehend, alles, was Kreuzberg hergab, an Anregungen oder Abneigungen. Katharina schien glücklich zu sein, so empfand Norbert, denn in irgendeiner Weise fühlte sie sich in einer Heimat angekommen, die in Wirklichkeit gar nicht ihre Heimat war. Er wollte mit ihr noch eine Runde gehen, und so bogen sie in die Oppelner Straße ab, die Katharina in schlechter Erinnerung hatte, war sie doch damals von ihrer damaligen Zimmerwirtin kurze Zeit nach ihrem Einzug vor die Tür gesetzt worden. Hier verlor sich die Kneipenszene etwas, doch nach der nächsten Abbiegung in die Wrangelstraße zeigte der Kiez wieder sein volles Gesicht, einschließlich Geräuschkulisse, und während der Rückkehr zum Schlesischen Tor machten sie in einem indischen Restaurant in der Falckensteinstraße Halt, draußen sitzend und scharfes indisches Essen genießend.

Auf dem Heimweg passierten sie wieder den U-Bahnhof Schlesisches Tor. Es war Abend geworden und gleißende Sonnenstrahlen beleuchteten ihn bündelweise von der Seite. Der Himmel war klar, soweit er überhaupt über Berlin klar sein kann; die Stadt fügte ihm eine milde, graue Staubnote hinzu und Katharina fiel auf, dass die periodisch ihre Richtung wechselnden, sich einander ablösenden Einzelstrahlen der Sonne Milliarden von Schwebteilchen, Produkt der Unsauberkeit der Großstadt, zum Erscheinen brachten, durch schwaches Glitzern ihre Existenz verkündend.

Als sie die Wohnung betraten, trafen sie in der Küche auf Gundel und Andy. Andy erzählte ihnen, dass er für den Sommer für die Bad Gandersheimer Festspiele verpflichtet sei; Norbert sei also in der nächsten Zeit für den Laden wenig abkömmlich.

„Ich bin doch auch immer noch da", warf Gundel ein.

„Notfalls komme ich und helfe euch", setze Katharina hinzu. „Der Sommer ist immer nur die Zeit für die Kontrolle der Reben mit dem bis Herbst fortlaufenden Schneiden, das können Mutter und Angelika eine Weile allein, weil sie sich das gut einteilen können. Man muss auch schauen, ob Krankheiten kommen, zur Not muss man spritzen. Bewässern müssen wir nicht, das mussten wir in Franken noch nie, soweit ich zurückdenken kann."

„Gibt es im Weinanbau so etwas überhaupt wie Bewässerung?", wollte Andy wissen.

„Leider manchmal ja. Die Wurzeln gehen im Notfall bis 6 Meter in den Boden, insofern dürften sie von ihrer Natur her kaum Probleme haben. Schwierig wird es, wenn der Grundwasserspiegel zurückgeht. Im Süden Europas ist das ein normales Problem, hier in Deutschland meist nicht, doch in der Pfalz gab es das schon oft. In den heißen Weingegenden der Welt wie Australien, Kalifornien oder Südafrika, ist die Bewässerung von Wein alltäglich. Doch lassen wir das mit dem Wein. Mittlerweile sind wir sechs Personen und eine neue Firma, die sich um das Weingut kümmern. Hätte ich vor einem Jahr niemals gedacht."

„Und nun?"

„Kommen wir doch wieder zum Wein, Andy. Hol eine Flasche 2010er Silvaner Echterberg aus dem Kühlschrank, als Absacker, bitte!" Sie waren guter Dinge und Gundel stellte noch einen Teller Käse vom Geschäft hinzu und so verging der Abend.

Als sie am nächsten Abend auf der Terrasse des österreichischen Restaurants saßen, stellte sich die Spree, anders als von ihrem Balkonblick aus, als horizontales Gewässer dar, spritzend und wellig, etwas nach Fisch, Enten und Schiffsdiesel riechend. Nach dem Essen hatte Gundel noch Lust auf einen Spaziergang.

„Berlin tut sich mit der Spree schwer. Es gibt nur wenige Rad- und Spazierwege an ihrem Ufer. Lass uns jenseits der Oberbaumbrücke entlang der Schlesischen Straße laufen, dann kommen wir nach Treptow zur Berlin Arena mit Badeschiff und Molecule Man und weiter zum Hafen Treptow.“

Die Schlesische Straße zeigte zunächst die gewohnte Geschäfts- und Kneipenszene, doch allmählich verdünnte sie sich, das Grün nahm zu und als sie Kreuzberg verließen und nach dem Flutgraben Treptow erreichten, wurde es zunehmend parkartig. Am Hafen Treptow holten sich Katharina und Norbert einen Flyer, auf dem die Routen und Abfahrtszeiten der Spreeschiffe vermerkt waren und gingen mit Gundel und Andy zurück. In ihrer Wohnung sanken sie müde in die Betten.

Am Sonntag standen Katharina und Norbert früh auf und gingen wieder zum Hafen Treptow, entlang der gleichen Wegstrecke. Kreuzberg schlief noch und die Ruhe und Leere in der Schlesischen Straße bildete den totalen Gegensatz zum abendlichen Bild von gestern. Das Schiff lag schon abfahrtsbereit am Spreeufer, Norbert löste Tickets und sie bestiegen das Oberdeck, denn das Maiwetter schien sich zu halten. Sie waren die ersten Gäste und konnten die vorderen Plätze am Bug besetzen; allmählich bemerkten sie, wie sich hinter ihrem Rücken das Schiff füllte. Mit einem trompetenartigen Signalton legte das Schiff ab und fuhr nach Osten, in Richtung Köpenick.

Zunächst zeigte sich zu beiden Seiten der Spree das großstädtische Berlin. Wohnhäuser, meist mehrgeschossig, säumten die Ufer und manchmal gab es kleine Fabriken oder Gewerbebetriebe, dazwischen Grün in Form von Bäumen und kleinen Parks. Doch mit zunehmender Entfernung vom Zentrum verdünnte sich die Bebauung; alles machte mehr und mehr einen unordentlichen Eindruck, den verfallene und aufgelassene Gewerbegebäude verstärkten; Berlin wurde hässlicher.

Als Katharina einmal den Kopf drehte, um zurückzuschauen, zuckte sie zusammen und griff Norbert an die Schulter.

„Du wirst es nicht glauben, ein paar Reihen hinter uns sitzt Rocker-Dave, neben ihm eine Frau. Und die kenne ich auch. Es ist Francesca, meine Zimmerwirtin aus der Oppelner Straße, die mich damals so verladen hat." Sie schwiegen eine Weile.

Norbert sah ebenfalls zurück und machte dabei keine Anstalten, den Blick zu verbergen. Und tatsächlich, da saß Rocker-Dave, doch heute trug er nicht die übliche Rockerkluft, sondern zu einer hellen Jeans ein dunkelbraunes Hemd und darüber eine sommerliche Jacke. Als er Norbert bemerkte, winkte er ihm zu. Die Frau neben ihm hätte Norbert zunächst nicht auf Anhieb identifiziert, doch weil Katharina ihn darauf aufmerksam gemacht hatte, fiel ihm die Italienerin wieder ein, die er in ihrer Wohnung getroffen hatte, als er nach Katharina suchte.

Als das Schiff an der Haltestelle Köpenick anlegte, wurden neben ihnen zwei Plätze frei. Rocker-Dave und seine Begleiterin setzten sich zu ihnen.

„Ich brauche euch Francesca nicht vorzustellen, ihr kennt sie ja beide", sagte er. Francesca lächelte.

„Wir kennen uns schon vom vorletzten Jahr. Dich hätte ich allerdings nicht wiedererkannt, Katharina, das liegt daran, dass du keine Dreadlocks mehr trägst. Dein böses Gesicht kann ich verstehen, es war eben eine blöde Situation, als ich dir die Wohnung kündigen musste. Ich erzähle euch nachher den Grund, dann wirst du mich verstehen." Rocker-Dave übernahm das Wort.

„Ich habe Francesca natürlich in Kreuzberg kennengelernt, übrigens in der Lolly Bar. Wir gehen manchmal zusammen dahin. In das Schlesische Eck kommt sie nicht mit, das ist ihr zu prolo. Wie ihr wahrscheinlich wisst, ist sie Buchhändlerin und hat vorher in einem Kettenladen in Friedrichshain gearbeitet. Mein Antiquitätengeschäft in Schöneberg liegt in der Nähe der Winterfeldtstraße, und in der Winterfeldstraße reihen sich Antiquariate für Bücher, alte Grafiken und Stiche aneinander. Wahrscheinlich ist hier die größte Konzentration von Antiquariaten in ganz Deutschland. Die meisten Besitzer kennen mich, weil ich häufig Blätter mit ihnen tausche. Und von einem der Besitzer erfuhr ich, dass er einen Nachfolger oder eine Nachfolgerin suche, weil er das Geschäft altersbedingt aufgeben wolle. Vorher wolle er die infrage kommende Person für ein Jahr anstellen und einarbeiten. Ich habe sofort an Francesca gedacht. Sie sprang an, und der Deal kam zustande." Francesca schaute ihn glücklich an.

„Die beste Entscheidung meines Lebens. Seit zwei Monaten bin ich selbständige Ladenbesitzerin. Und die Arbeit macht mir großen Spaß; ich habe es mit literaturinteressierten Kunden zu tun, nicht mit Kunden, die mit irgendwelchem Leseschrott zur Kasse gehen, den sie sich von den Bestsellertischen geholt haben, weil sie gerade ein unverbindliches Geschenk brauchen."

Inzwischen glitt das Ausflugsschiff in den Müggelsee hinein. Über dem See lag ein feiner Dunst, in den sie eintauchten. Später, als sie die Mitte des Sees erreichten, sahen sie Köpenick im gleichen Dunst liegen. Die Wasserfläche war spiegelglatt; ein paar Kormorane flogen dicht über sie hin, nach Fischen Ausschau haltend. Rocker-Dave ging nach unten und holte an der Theke für sie Kaffee und Kaltgetränke. Inzwischen hatte Francesca begonnen, zu erzählen:

„Es war im Oktober 2009, also vor ungefähr eineinhalb Jahren. Ich hatte meine Tätigkeit in Friedrichshain beendet, und es juckte mich, noch einmal in die Sonne zu fahren. Ich komme aus Napoli, wo meine Familie wohnt, und um diese Zeit ist es da meistens wunderschön, was also lag näher, als meine Familie zu besuchen, ich hatte sie schon lange nicht mehr gesehen.

Als ich David davon erzählte, machte er einen tollen Vorschlag. Wir könnten mit dem Motorrad fahren, das dauere drei Tage und wir würden zweimal übernachten, einmal in Österreich und einmal in Florenz. Für sein Geschäft habe er eine Mitarbeiterin, die ihn vertreten könne. Ich war begeistert! Nachdem ich meine Wohnung an dich vermietet hatte, Katharina, fuhren wir los.

Klappte alles molto bello, und drei Tage später standen wir bei meiner Familie vor der Tür. Wir haben ein großes altes Haus, fast eine Villa, vor den Toren Napolis. Es steht auf einem weiten Grundstück mit Zitronenbäumen und vielen Blühpflanzen. Meine Mutter hatte es von ihrem Großonkel geerbt, unter vorgehaltener Hand habe ich manchmal gehört, dass er gute Beziehungen zur Camorra gehabt haben solle. Meine Eltern, meine Schwestern mit Familien und die Nonna, meine Großmutter wohnen darin, meine Brüder sind ausgezogen. Jedenfalls war ihr Erstaunen groß, als wir in unserer Motorradkleidung vor der Tür standen. Dazu muss gesagt werden, dass ich in den letzten zwanzig Jahren nur ein paarmal in Napoli gewesen bin und jedes Mal nicht allein, meine Partner wechselten, was auf Unmut stieß. Beim ersten Partner fragten sie mir noch ein Loch in den Bauch, wann wir denn heiraten wollten, gut, dass Wolf, mein damaliger Freund, kein Italienisch verstand, sonst hätte ihn wohl sein Erstaunen aus der Fassung gebracht.

Der Abend verlief dann ungewohnt friedlich, die Nonna hatte gekocht, dass sich die Tische bogen und der Wein tat sein Übriges. Die Wende kam am nächsten Morgen. Du musst wissen, dass unsere Küche – eine Riesenküche, für eine italienische Großfamilie gedacht – sich im Erdgeschoss befindet, gegenüber liegen zwei Fremdenzimmer und ein Bad. Als wir verschlafen in Nachtwäsche aus einem der Zimmer zum Bad wankten, das andere war leer geblieben, merkte es meine Nonna, die sich in der Küche zu schaffen machte. Sie ist zwar vierundachtzig und hat nicht mehr viele Zähne, doch keifen kann sie wie ein Marktweib.

Sie lief hinaus, stemmte die Arme in die Hüften und schimpfte uns aus, dass das ganze Haus zusammenzuckte. Was mich betrifft: „troia", Schlampe, und „puttana", Hure, waren noch die harmlosesten Ausdrücke, mit denen sie mich bewarf. Dabei war doch gar nichts zwischen uns passiert!"

„Nicht in dieser Nacht", grinste Rocker-Dave.

„Halt den Mund, David. Auf den bin ich jedenfalls nicht gefallen, und so kriegte sie so viel zurück, wie es mir gerade einfiel. Wir liefen schnell ins Bad, machten uns zurecht und gingen wieder in unser Zimmer, wo wir noch eine Weile blieben. Beim gemeinsamen Frühstück war zunächst Ruhe, doch die hielt nicht lange an; die Nonna gab das Stichwort und wie auf Kommando fielen alle über David und mich her.

Ich stand auf, packte David an die Hand und wir zogen uns unsere Motorradklamotten über, packten die Taschen und fuhren zurück nach Berlin.

Zuhause war meine Wohnung besetzt, ich hatte sie ja vermietet, ich hätte sie mit dem Wesen mit Dreadlocks teilen müssen – pardon, Katharina, siehst heute ganz anders aus, bist jetzt eine Belezza!"

„Es geht, aber schönen Dank!"

„Im Prinzip hätte ich das schon gemacht, aber die Wohnung ist einfach zu klein. Wie du weißt, besteht sie aus einem Schlafzimmer, einer Wohnküche und einem Abstellraum. Klar, dass du mir übelgenommen hast, dass ich dich kündigen musste, doch was sollte ich machen?"

„Schon vergessen."

Sie erreichten nun die östliche Einmündung der Müggelspree. Das Schiff drehte und fuhr wieder nach Treptow zurück. Als sie im Hafen Treptow ankamen, machte Rocker-Dave einen Vorschlag:

„Der Abend ist noch lang, wollen wir noch etwas zusammen unternehmen? Ich schlage die Lolly Bar vor, Francesca liebt sie." Katharina war gleich Feuer und Flamme.

„Klar machen wir das! Ich habe Lust auf Schwofen, konnte ich schon lange nicht mehr!" Sie verabredeten sich auf zehn in der Lolly Bar.

Als es anfing zu dunkeln, machten sich Katharina und Norbert auf den Weg. Sie nahmen die U-Bahn bis zum Moritzplatz und gingen die Oranienstraße entlang. Die vielen kleinen Geschäfte und Kneipen zeigten sich diesmal verhalten, Kreuzberg hatte einen Gang zurückgeschaltet. Das Wochenende mit dem schönen Wetter war am Sonntagabend verbraucht wie die Energie der Kreuzberger, die sich wohl müde gefeiert hatten und bis in den Montagmorgen hinein ruhten oder schliefen.

Doch die Lolly Bar war geöffnet. Innen gab es genug Platz; Francesca und Rocker-Dave saßen in einer Ecke unweit der Tanzfläche und winkten herüber; sie nahmen neben ihnen Platz. Francesca hatte sich aufgebrezelt: ausgeschnittenes Edelshirt, kurzer Rock mit silbrigen Streifen und im Gesicht volle Aufmachung. Katharina kam sich underdressed vor, sie hatte sich nicht geschminkt und trug ein Sommerkleid. Rocker-Dave und Norbert trugen noch ihre Kleidung vom Nachmittag. Gerade als sie bestellen wollten, ging die Tür auf und Till kam mit Sandy und Carolin herein. Als sie Norbert mit seiner Begleitung entdeckten, setzten sie sich dazu. Norbert stellte ihnen Francesca vor.

„Sie geht nicht ins Schlesische Eck, deswegen kennt ihr sie nicht. Dave kennt ihr ja. Wie verschlägt es dich hierhin?" Till grinste. Sein Vollbart wackelte.

„Rate mal!"

„Hast wieder ein Bild verkauft?"

„Bingo. Was trinkt ihr? Für alle einen Braunen oder machen wir es heute vornehm? Vielleicht einen trockenen Martini als Aperitif?"

„Ich möchte es vornehm", sagte Katharina, „Francesca ist doch so vornehm angezogen."

Till bestellte fünf Martini. Sie stießen miteinander an.

„Wo habt ihr denn eure Kleine gelassen?", fragte Norbert.

„Im Atelier. Wir sind schon eine Weile umgezogen. Sandys Freundin passt auf sie auf und schläft heute bei uns. Du musst uns mal in der Köpenicker Straße besuchen. Wir haben es uns kommod eingerichtet, zwei Zwischenwände eingezogen und Betten hineingestellt. Vier Personen können jetzt da übernachten. Küche und Toilette waren ja schon vorher da."

„Till ist Künstler", sagte Norbert zu Francesca. „Wenn ich ihn recht verstanden habe, übernachtet er heute mit drei Frauen." Carolin zog ein beleidigtes Gesicht.

„Ich bin auch Künstlerin. Ich arbeite ebenfalls in Tills Atelier. Und außerdem sind wir vier Frauen. Unsere Tochter Laura ist auch eine Frau."

„Carolin hat recht", sagte Till. „Ich fühle mich wie in einem Harem."

„Als Emir oder als Eunuch?", fragte Francesca. Sie klopften sich auf die Schenkel, lachten und tranken. Nach einer Weile wurden die Frauen unruhig.

„Wir sollten jetzt mal ein bisschen tanzen, dafür sind wir hier!" Norbert stand auf und hielt Francesca die Hand hin, sie griff zu und ging mit ihm auf die Tanzfläche. Katharina und Rocker-Dave folgten. Till schien noch unschlüssig, zog dann aber mit Sandy los.

Für die drei Männer wurde es ein anstrengender Abend. Vier Frauen wollten bewegt werden, besonders für Norbert ein schweres Stück Arbeit, denn er trieb so gut wie keinen Sport. Doch andererseits fand er es mit den ganzen Berührungen und Gerüchen ganz anregend.

Auf die Martinis folgte Sekt, denn Francesca rümpfte die Nase, als die Männer Bier bestellen wollten. Zwischendurch rauchte sie Zigaretten. Nachher kam es dann doch noch zum Bier, Till ließ dazu noch ein paar Braune springen. Mittlerweile war es zwei Uhr geworden, höchste Zeit, Schluss zu machen, fand Katharina. Kurze Zeit später standen zwei Taxen vor der Tür. Till und seine beiden Frauen verabschiedeten sich und bestiegen eine der Taxen, Norbert und Rocker-Dave mit ihrer Begleitung nahmen die andere.

„Zuerst zur Oppelner Straße", wies Francesca den Fahrer an.

Als sie vor Francescas Wohnung standen, stieg Rocker-Dave mit aus.

„Wie, du wohnst hier mit Francesca? Ich denke, die Wohnung ist für zwei zu klein!", staunte Katharina.

„Nur heute Nacht", grinste Rocker-Dave, „sonst wohne ich im Wrangelkiez."

Als Katharina und Norbert im Bett lagen, überfiel sie sofort der Schlaf.

Norbert wurde am nächsten Morgen nach langem Schlaf wach, als Katharina sich über ihn beugte. Durch den Ausschnitt ihres Nachthemdes konnte er ihre Brüste sehen. Als er sich zu ihr wenden wollte, packte ihn ein derart heftiger Muskelkater, dass er sein Gesicht schmerzhaft verzog.

„Du Armer! Hast wohl gestern Abend Kondition eingebüßt?", lachte Katharina.

Katharina blieb noch eine Woche. Kurz darauf traf eine Lieferung der 2010er Weine vom Weingut Bachner im Laden ein, alle mit den neuen Etiketten versehen. Eine Woche darauf starteten sie eine Aktion mit Verkostung im Laden.

Sie schlug ein, wie sie es sich besser nicht hätten vorstellen können. Die Kunden waren von den schwarzweißen Etiketten und den Hinweisen auf den „Weinberg der Queen" begeistert und nahmen meistens die ausliegenden Flyer und Preislisten mit. Der Silvaner in den Bocksbeuteln war spitzenmäßig geworden und seine jugendliche Frische erweckte auch bei den verwöhnten Weinkennern unter ihren Kunden anerkennende Beachtung, die sein kommendes Potential erahnten. Für die Restaurants und andere gewerbliche Kunden hatte sich Norbert etwas Besonderes ausgedacht: bei gleichzeitiger Bestellung von Silvaner und dem Müller-Thurgau in Literflaschen räumte er ab einer gewissen Menge einen Sonderrabatt ein. Auf diese Weise wollte er erreichen, dass ihre Weine auf den Speisekarten unter den fränkischen Weinen dominierten.

Die Rechnung ging auf.

Die Restaurants bestellten ohne Ende. Der Silvaner im Laden war im Nu trotz seines hohen Preises ausverkauft, Adelheid staunte, denn sie musste ständig nachliefern. Mittlerweise war sie fast nur noch im Vertrieb beschäftigt. Weil Andy in Bad Gandersheim bei den Theaterfestspielen engagiert war und Gundel für eine Kollegin einspringen musste, die im Familienurlaub war, konnte Norbert sich nicht vom Laden freimachen und Katharina hatte ebenso viel zu tun, denn der Sommerschnitt beanspruchte sie immer mehr. So kam es, dass sich Katharina und Norbert im Sommer nur selten trafen.

Doch den Bankkonten des Weingutes ging es gut. Norbert und Katharina riefen sich fast alle zwei Tage an und es ergab sich, dass sie den Einbau der Bäder für die Fremdenzimmer im Nebengebäude in Auftrag geben konnten, ohne einen Kredit in Anspruch zu nehmen. Katharina drückte, ganz gegen ihre Gewohnheit, sogar auf das Tempo, denn Ende September mussten die Zimmer für die Ungarinnen beziehbar sein.

Der September brachte den Reben noch einmal einen Schub, denn die Temperaturen blieben hoch; die Sonne brach am Weinberg meist am späten Vormittag durch und verjagte den morgendlichen Nebel, der die Trauben mit Nässe bedeckt hatte. Bereits ab Mitte des Monats konnte mit der Lese begonnen werden.

Es ging diesmal wie am Schnürchen, denn ihre Mitarbeiterin Angelika konnte voll mitarbeiten und Adelheid Bachner hatte nicht mehr zu tun als die Trauben mit dem Kleintrecker abzuholen und zum Weingut zu fahren.

Norbert fuhr Anfang Oktober zum Weingut, denn er hatte mit Adelheid Bachner einige Dinge wegen der Bestellvorgänge zu regeln und wollte sich ein Bild davon machen, wie es mit dem Umbau der Fremdenzimmer im Nebengebäude voran ging. Wie üblich wohnte er im Zimmer von Katharina und manchmal kam es vor, dass sie abends eine Runde machten, um mit Katharinas Freundinnen und Freunden aus dem Ort zu feiern, denn es lagen zu dieser Zeit viele kleine Festlichkeiten an, manche mehr touristischer Natur. Natürlich blieb es Norbert nicht verborgen, dass die Beziehung zwischen Katharina und ihm mittlerweile im Städtchen fast allen bekannt war, hier passierte ohnehin kaum etwas, das sich den Blicken und Gedanken der Einwohner entziehen konnte.

Der Umbau der Fremdenzimmer ging voran; zwei von ihnen waren bereits mit Bädern ausgestattet. Am Wochenende hatten sich Gundel und Andy für eine Woche angesagt, die Ungarinnen wollten zu diesem Zeitpunkt das Weingut verlassen, denn die Lese war beendet. Norbert müsste dann nach Berlin fahren, um die Arbeit im Geschäft zu übernehmen. Eines Abends stellte Adelheid eine Frage an Katharina und ihn, auf die sie beide nicht gefasst waren.

„Habt ihr euch schon einmal Gedanken darüber gemacht, ob ihr nicht irgendwann heiraten wollt?"

Die Fassungslosigkeit, die Norbert daraufhin heimsuchte, machte ihn zugleich sprachlos, so war er froh, dass Katharina ihn rettete, indem sie die Frage aufnahm.

„Noch nie, Mama, wie kommst du darauf?"

„Na ja, die Frage kommt eigentlich auch nicht von mir, sondern sie wurde mir von anderen Iphöfer Einwohnern gestellt. Sie haben gemerkt, wie es um euch steht und manche nehmen auch Anstoß daran, wie ihr hier miteinander lebt. Das sind fast nur Frauen in meinem Alter und ich bin weit von einer solchen Denkweise entfernt und habe keine derartigen Moralvorstellungen. Doch ihr seid hier in Iphofen und nicht in Berlin, da ticken die Uhren wohl anders. Mir selbst ist es völlig egal, wie ihr eure Beziehung gestaltet und versteht bitte meine Frage nicht als Neugier, sondern als einen Versuch, anderen darauf zu antworten, wenn sie mir gestellt wird."

„Habe ich nicht gerade darauf geantwortet?", sagte Katharina und zog die Stirn in Falten.

„Doch, ist schon okay." Norbert brachte es jetzt sogar fertig, zu lächeln.

„Wenn sich etwas ändert, sagen wir Bescheid!"

Später, als sie im Bett lagen, sagte Katharina:

„Meine Mutter hat recht, in Iphofen gibt es eine andere Denke und man bekommt hier alles mit."

So ist es also, dachte Norbert. „Man" ist also da und schwimmt froh in seiner trüben Brühe. Erst einmal die Denkschablonen anwerfen, dann spart Man sich das Überlegen.

Katharina spürte Norberts Ungehaltenheit.

„Mach dir nichts daraus. Du kannst jetzt, nein, du sollst zu mir rücken." Norbert tat es.

Am Sonnabendvormittag kamen Gundel und Andy, Norbert holte sie vom Bahnhof ab. Die Zimmer im Nebengebäude waren bereits hergerichtet und Andy lobte das renovierte Zimmer, welches sie bezogen. Katharina hatte es mit hellen Möbeln und weißen Tapeten ausgestattet; sodass der einzige farbige Blickfang eine umlaufende Bordüre aus Weinlaub war, die an der Wand in Kopfhöhe entlanglief.

Als sie überlegten, wie sie den Abend verbringen wollten, schlug Katharina vor:

„Für den Oktober haben wir schönes Wetter, wir sollten es ausnutzen. Wir könnten zum Echterberg gehen und es uns in der Hütte bequem machen, Getränke und Essen nehmen wir mit. Wenn die Sonne untergeht, wird es schon kühl werden, wir sollten also Pullover und Decken dabeihaben, um bis zur Dunkelheit zu bleiben. Danach können wir überlegen, ob wir noch ein Gasthaus aufsuchen wollen."

Gundel ging begeistert auf den Vorschlag ein und so stiegen sie gegen Mittag den Schwanberg hinauf, links und rechts schimmerten die meist abgeernteten Reben in der Herbstsonne. Nur noch vereinzelt sahen sie Frauen und Männer, beschäftigt mit der Lese der restlichen Trauben. Wenn sie an ihnen vorbeigingen, grüßten sie und wurden manchmal mit taxierenden Blicken bedacht.

An der Hütte angekommen, packten sie aus und machten es sich auf den Bänken mit den Decken behaglich. Noch stand die Sonne schräg am wolkenlosen Himmel und beleuchtete den Weinberg, der ihre Kraft in sich aufzunehmen schien, um sie in seinem Inneren zu speichern, damit er mit ihrer Hilfe im nächsten Frühjahr Knospen bilden könne, um sie danach in fruchtbarer Weise zu sprengen. So würde er für die Winzer einen neuen Jahrgang auf den Weg bringen.

Doch die Farbe der Sonne wechselte langsam vom Gelb ins Orangefarbene, danach ins Rötliche. Als es kühler wurde, zogen sie ihre Pullover an und deckten den Tisch. Während sie aßen und tranken, schauten sie zu, wie die jetzt glutrote Sonne im Maintal versank.

Der Mond stieg langsam auf und sein silbriges Licht beleuchtete jetzt den Weinberg, den die Dunkelheit bereits umfasste. Doch das Mondlicht reichte aus, um über die Hauptwege des Schwanberges das Städtchen wieder zu erreichen.

Sie waren nun zu müde, um noch in ein Gasthaus zu gehen und setzten sich zu Adelheid in die Küche, tranken eine Weile mit ihr Wein und gingen zu Bett.

Am nächsten Tag fuhr Norbert mit dem Auto wieder zurück nach Kreuzberg, höchste Zeit, wieder zuhause zu sein, ging es ihm durch den Kopf, denn die seltsame Frage von Adelheid hatte ihn kurz aus dem Gleichgewicht gebracht.

Die Wohnung kam ihm plötzlich leer und kalt vor, er vermisste jetzt Gundel und Andy. Doch er widerstand der Versuchung, einen Zug durch die Kneipen zu machen, denn er wusste, dass sich im Geschäft und im Weinverkauf Arbeit angehäuft hatte. Als er am frühen Montagmorgen den Laden betrat, reichte ihm Wilfried eine Liste mit Artikeln, die neu bestellt werden mussten und bemerkte:

„Am wichtigsten ist die Neubestellung vom Iphöfer Wein. Es sind nur noch ein paar vereinzelte Flaschen da. Und dann gibt es noch eine Neuigkeit." Er reichte Norbert eine Stadtzeitung, die sich auf Kultur und Restaurantkritik spezialisiert hatte. Darin stand über ein Restaurant in Berlin Mitte:

„Wir bestellten ein Kalbsfilet mit Morcheln und grünem Pfeffer. Dazu tranken wir einen Iphöfer Silvaner 2010 Kabinett vom Weingut Bachner. Das Kalbsfilet, zart und rosig, schmeckte uns

vorzüglich, doch besonders imponierte uns der Wein. Seine fruch-
tige Frische tat den Aromen des Hauptgerichtes gut und wir
fragten uns, warum wir nicht schon längst darauf gekommen
waren, dass fränkischer Silvaner der herausragenden Sorte den
Spitzenrieslingen der deutschen Weinanbaugebiete zumindest
ebenbürtig ist. "

Na also, dachte Norbert.

Als er sich nach dem anstrengenden Arbeitstag müde auf
das Bett legte, kamen ihm wieder Gedanken über Adelheids
Frage hoch.

Ehe, was ist das? Eine Einrichtung, in der man freiwillig
fast seine gesamte freie Zeit mit dem gleichen Menschen
verbringen muss, fürchterlich. Die Vorstellung, jeden Tag,
siebenmal in der Woche und dreihundertfünfundsechzigmal
im Jahr über zehn Stunden mit ein- und derselben Person
auf engstem Raum zu leben, ließ seinen Magen sich
schmerzhaft zusammenziehen.

Und dann teilt man noch alles, was man hat, so eine Art
privater Kommunismus. Je länger er nachdachte, desto mehr
fiel ihm ein, dass er sich diese Gedanken schon oft gemacht
hatte. Aus reinem Selbstschutz hatte er sie stets verworfen
und sogleich in die abgelegten Dateien seines Gehirns be-
fördert.

Doch warum kamen sie plötzlich in dieser intensiven
Form wieder? Er kam zu dem Schluss, dass es wahrscheinlich daran lag, dass sich zwischen ihm und Katharina eine
spezielle Bindung entwickelt hatte, die er so nie gewollt
hatte.

Es machte ihn zornig, er stand auf, zog sich an und ging
ins Schlesische Eck.

Als er zur Tür hereintrat, erblickte er sofort Till und Carolin, die an einem der Tische saßen und ihm zuwinkten. Er setzte sich zu ihnen.

„Sandy hat heute Dienst bei Laura", erklärte Till mit ernster Miene, die Anstalten machte, ins Verschmitzte abzurutschen. „Jemand muss sich schließlich um die Kleine kümmern."

„Passt das Sandy denn?", fragte Norbert.

„Selbstverständlich. Wir sind ja nur schnell mal weg und der Weg von der Kneipe zum Atelier in der Köpenicker Straße ist nicht weit. Das nächste Mal ist Sandy dran, wenn ich Lust auf ein paar Bier und Braune habe. Schwieriger kommt es, wenn es kalt wird und wir im Atelier Heizprobleme bekommen. Dann müssen wir in die Wohnung umziehen, klappt aber auch, haben wir ja schon durchexerziert."

Eines muss man Till lassen, dachte Norbert. Er verteilt seine Gunst gleichmäßig zwischen seinen beiden Frauen, er könnte auch ein guter Moslem sein. Er blickte zum Wirt und hob seine Finger. Drei Braune und ein Bier kamen. Nach einer halben Stunde erschien Milla und setzte sich zu ihnen. Ungefragt ging der Wirt zum Tisch und brachte ihr ein Glas Wein. Sie hob es.

„Auf euer Wohl, der Sommer ist vorbei!"

„Wenn du bei uns bist, ist immer Sommer", lachte Norbert. Sie tranken. Nach einer Stunde standen Carolin und Till auf.

„Wir gehen jetzt. Um diese Zeit ist Laura schon eingeschlafen, Sandy wartet auf uns. Macht euch noch einen schönen Abend." Als sie fort waren, fragte Norbert.

„Das ist doch auch sonst deine Zeit, Milla. Musst du nicht morgen arbeiten?" „Diesmal nicht, ich habe frei, bummele gerade Überstunden ab."

Später kam Rocker-Dave zu ihnen und bestellte eine Runde, Cola mit Whisky für sich, Wodka für Norbert und Wein für Milla. Meinolf stellte die Getränke auf die Theke, Norbert holte sie.

Und dann passierte es.

Als er Milla in der Enge des Tisches das Weinglas bringen wollte, während er zur Linken versuchte, sein Wodkaglas zu sich hinzubugsieren, streifte er mit dem Ellenbogen ihren vollmundigen Busen. Es machte ihn an, ohne dass er es wollte. Milla merkte es natürlich sofort. Sie reagierte jedoch nicht und beugte sich zu Rocker-Dave, der seinen Arm um sie legte. Rocker-Dave sprach mit ihr über Francesca und erzählte, dass sie demnächst zu ihm ziehen würde.

„Vielleicht sehen wir sie dann mal zusammen mit dir hier in der Kneipe!" Rocker-Dave grinste.

„Bestimmt nicht, die ist ihr zu popelig. Ganz gut, wenn man was hat, wo man allein hingehen kann."

Norbert stutzte. „Das hört sich fast an, als wäret ihr ein Paar!" Rocker-Dave verzog sein Gesicht.

„Das fehlte mir noch! Nein, ich mag sie und wenn wir zusammenwohnen, werden wir natürlich auch öfter was gemeinsam unternehmen. Erst einmal habe ich ihr gesagt, dass sie ihre Zigaretten bei mir auf dem Balkon rauchen muss. Mal sehen, wie es kommt. Doch eine feste Bindung will ich nicht und sie auch nicht." Milla und Norbert sahen sich mit einem ironischen Blick an.

Es wurde ein langer Abend. Um Mitternacht verabschiedete sich Rocker-Dave, sie blieben noch eine Stunde länger. Norbert merkte, dass der viele Alkohol eine für ihn ungewohnte Wirkung entfaltete, wohl weil seine Kondition durch den intensiven Arbeitstag ohnehin schon angeschlagen war. Schließlich stand er auf und musste sich festhalten, weil er benommen war. Er machte Milla ein Angebot.

„Du kannst bei mir übernachten, dann brauchst du nicht mehr nach Hause zu fahren. Hast ja morgen frei." Milla ging darauf ein.

„Ich mach das, aber eher deinetwegen, damit du heil bei dir ankommst."

Als Norbert am nächsten Vormittag die Augen aufschlug und auf seine Uhr schaute, stellte er fest, dass es bereits zehn war. Du liebe Güte, er hätte längst im Laden sein müssen! Neben ihm lag Milla und schaute ihn belustigt an, denn sie war längst wach. Beide hatten außer ihren Slips nichts an. Er überlegte, wie die letzte Nacht verlaufen, war, keine Chance, er hatte einen üblen Filmriss. So etwas war ihm seit mindestens zehn Jahren nicht mehr passiert.

„Ich habe keine Ahnung, was letzte Nacht geschehen ist, Milla. Habe ich was Dummes angestellt?" Milla lächelte ihn an.

„Nicht mehr oder weniger als sonst. Du warst besoffen und müde. Ich hab dich mit Mühe und Not die Treppe herauf gekriegt, dich ausgezogen und zu Bett gebracht. Als ich mich zu dir gelegt habe, bist du plötzlich wach geworden."

„Und was habe ich dann getan?"

„Na ja, du hast schmusen wollen, ich hab dich gelassen. Besonders meine Brüste hatten es dir angetan. Passiert mir häufig, wenn ich mit Männern zusammen bin, als erstes machen sie sich an die Dinger heran. Es ist wohl irgendetwas Mütterliches an mir."

„Stört dich das?"

„Ach wo, das habe ich sogar ganz gern. Ich mag Männer, es gefällt mir, wenn sie mich beknutschen."

„Und was ist danach passiert?"

„Nicht viel. Du wurdest wieder müde und bist plötzlich eingeschlafen. Ach so, vorher hast du was über Katharina gefaselt, ich konnte es nicht verstehen."

Sie schwiegen jetzt und blieben noch für eine Weile liegen. Norbert griff zu seinem Handy, rief im Geschäft an und erklärte, dass er erst am Nachmittag kommen wolle, weil er sich nicht wohl fühle. Dann stand er auf und machte Frühstück. Inzwischen hatte sich auch Milla gewaschen und angezogen und setzte sich zu ihm.

Draußen war schönstes Oktoberwetter. An der Spree sahen sie spielende Kinder, denn die Herbstferien hatten bereits begonnen. Die Bäume waren schon teilweise entblößt, ab und zu segelten ein paar braune Blätter zu Boden. Die Sonne hatte sich voll entfaltet, ihre Strahlen drangen ungehindert durch das nun übriggebliebene spärliche Blattwerk zu den Fassaden der Häuser und trockneten sie von der Feuchtigkeit, die ihnen der Kreuzberger Regenwind ständig zufügte. Es wehte kaum, die Luft schien stillzustehen. Ein einsames Ausflugsschiff ohne Passagiere, umflogen von Krähen, fuhr die Spree entlang, vermutlich, um einen Platz zur Winterruhe anzulaufen. Unvermittelt sagte Milla:

„Du solltest mal dein Verhältnis zu Katharina überdenken, Norbert." Er zuckte mit den Schultern. „Was meinst du damit?"

„Kannst du dich noch daran erinnern, wie wir sie zum ersten Mal im Schlesischen Eck getroffen hatten? Von Anfang an hat es zwischen euch beiden geknistert, das habe ich sofort gemerkt."

„Ich nicht."

„Das ist häufig so, die Beteiligten sehen es weniger als die Beobachtenden. Im Fall von Katharina hast du dich erst mal an ihren unpassenden Dreadlocks festgehalten, die ich auch nicht schön fand. Und trotzdem war da etwas in deinen Augen, das über normales Interesse hinausging. Vielleicht spielt es auch eine Rolle, dass ihr in der gleichen Gegend aufgewachsen seid. Mach dir doch nichts vor! Mittlerweile hat sie ja keine Dreadlocks mehr und ihr trefft euch ständig und macht alles das, was zu einer Beziehung gehört. Es ist paradox: ihr wollt eine Bindung und wollt sie wieder nicht. Dabei passt ihr außergewöhnlich gut zueinander. Beides gleichzeitig, Zuneigung und Zusammenpassen ist ein Geschenk und du weißt nicht, ob dir das in deinem Leben noch einmal gegeben wird. Ich wäre jedenfalls froh, wenn ich es hätte."

„Kannst du dir mich etwa als Ehemann vorstellen?"

„Nein. Musst du auch nicht sein. Es geht nur darum, dass ihr eure Bindung verfestigt, um sie so zu gestalten, dass ihr gemeinsam alt werden oder vielleicht sogar zusammen Kinder in die Welt setzen könnt, alles mit den Sicherheiten, die man dazu braucht."

„Man!"

„Du musst nicht „Man" sein. Wie ihr euer Verhältnis gestaltet, hängt allein von euch ab. Dafür gibt es keine Rezepte, das will Fantasie. Davon hast du doch genug!"

Als sie mit dem Frühstück fertig waren, bot Norbert Milla an, sie nach Hause zu fahren. Sie lehnte es ab.

„Ich möchte das nicht, und außerdem hast du noch Restalkohol." Er begleitete sie zur Haltestelle der U-Bahn. Die Tür vom Schlesischen Eck war verriegelt, ein seltener Anblick für Norbert. Die Gehwege und Straßenrinnen starrten vor Müll, weggeworfenen Zigarettenkippen, Bierdosen, Flaschen, Resten von Burgern und Papptellern.

Milla. Sicher, er war an dem Abend ein bisschen scharf gewesen, sie wohl auch. Und wenn zwei Menschen zusammen nicht scharf sein könnten, gäbe es auch keine Fortpflanzung. Also muss so etwas sein. Das weiß Milla ganz genau, ging es ihm durch den Kopf, obwohl sie die Letzte war, die Fortpflanzung wollte.

Und außerdem war nicht viel passiert.

Und trotzdem kam etwas Unerwartetes: ein widerliches Schuldgefühl, nicht wegen Katharina, sondern wegen sich selbst. *Man* findet sich schuldig, wer hat „Man" überhaupt erlaubt, in deine Seele zu schlüpfen? Man – dieses Ungeheuer – hat vielleicht auch philosophische Züge, er tritt dir in den Hintern und erklärt dir, dass du dich selbst nicht kennst, jedenfalls weniger als andere dich kennen. Er dachte an Susanne.

Am gleichen Abend rief er Katharina an.

„Kannst du nicht mitkommen, wenn Gundel und Andy wieder nach Kreuzberg fahren?"

Er hörte sie am Telefon lächeln.

„Wollte ich sowieso."

Kreuzberg machte einen gezähmten Eindruck. Der Regenmonat November, diese dunkle Vogelscheuche, schien noch nicht aus seiner Gruft gekrochen zu sein, um die Menschen schon am frühen Abend in die Kneipen zu treiben. Im Gegenteil, die für diese Zeit hohen Temperaturen und die Resthelligkeit der nunmehr immer schräger einfallenden Sonne schufen eine komplexe Atmosphäre, die Lust auf Erkundungen und Spaziergänge machte.

Es war Katharina, von der die Idee stammte.

„Warum gehen wir nicht einmal zum Kreuzberg, der dem Stadtteil den Namen gegeben hat?"

Und so machten sie sich auf zum höchsten Berg Berlins, der etwas in Vergessenheit geraten war, weil er in einer Ecke lag, die von Duden-, Yorckstraße und Mehringdamm eingeklemmt war, verkehrsumtost, denn das waren Berliner Hauptverkehrsadern in der Nähe des alten Stadtflughafens. Dafür bat ihm der Victoriapark Schutz, der ihn sanft ummantelte. Sie stiegen hinauf. Auf seiner Spitze stand ein eisernes Denkmal, uralt, sagte Norbert, vor fast 200 Jahren erbaut. Sie umrundeten es. Zu allen Seiten bot sich ein Blick auf das Berliner Häusermeer dar, aus dem Spitzen wie der Fernsehturm und die Kirchen herausragten. Doch es gab Attraktionen. Ein sich schlängelnder, spritzender Wasserfall sprudelte von dem Fuß des Denkmals durch die Bäume und Büsche des Parks nach unten.

„Alles künstlich", sagte Norbert, „wahrscheinlich auch die Steine, über die er fließt."

Doch die größte Attraktion befand sich auf der zur Sonne hin geneigten Seite des Kreuzberges. Ein winziger Weinberg steckte verschämt seine Reben aus dem Boden, als hätten sie Angst vor den Häusern, die sich zu seinen Füßen drängten. Katharina war perplex.

„Was ist das?" „Das, was du siehst, ein Weinberg. Hier wurde bereits vor mehr als 500 Jahren Wein angebaut. Das ist irgendwann im 18. Jahrhundert schief gegangen, die Reben sind abgefroren. Vor ein paar Jahrzehnten hat man wieder welche angebaut, der Wein heißt „Kreuz-Neroberger" und soll ziemlich sauer sein."

„Ich würde trotzdem gern eine Flasche haben!", sagte Katharina.

„Bekommst du nicht, die Ernte ist gering und die paar Flaschen werden unter der Hand verteilt. Ich rate dir zu fränkischem Silvaner vom Weingut Bachner", lachte Norbert.

Katharina hakte sich bei ihm ein und sie gingen zurück zur U-Bahn.

Ein andermal erkundeten sie den östlichen Rand Kreuzbergs, den Graefekiez. Hier dominierte wieder das Kreuzberg, welches sie liebten: Altbauten aus der Gründerzeit, manche renoviert, andere mit schäbigen Fassaden, eben Ausdruck der multikulturellen Gesellschaft, die sie bewohnte. Und wieder eine Vielzahl kleiner Geschäfte und Restaurants in den Erdgeschossen. Doch sie sahen auch den Wandel, der sich offensichtlich vollzog. Die luxusrenovierten Häuser boten Komfortwohnungen zu hohen Mieten, wie sie an manchen teuren Autos sahen, die sich in den vollgestopften Parklücken drängten.

Jenseits des Kottbusser Dammes ging der Graefekiez nahtlos in den Reuterkiez über, der schon zu Neukölln gehörte. Seine Ähnlichkeit mit dem typischen Kreuzberger Stadtbild führte dazu, dass ihn die Berliner „Kreuzkölln" nannten. Hier dominierten Wohnungen, es gab weniger Geschäfte; angeblich sollte er eine der am dichtesten besiedelten Gegenden Berlins sein. Viele der gründerzeitlichen Häuser sahen wunderschön aus. Ihre Fassaden waren mit Simsen, Laibungen und Ornamenten aus Stuck verziert; ein Teil der Gebäude stand unter Denkmalschutz.

Am Abend trafen sie sich mit Gundel und Andy und gingen zusammen in einem kleinen französischen Restaurant in der Adalbertstraße essen. Andy erzählte ihnen, dass er im Moment viele Engagements habe und daher für den Laden nicht so häufig zur Verfügung stehen könne. Katharina erklärte, sie wolle noch eine Weile bleiben und würde gern für ihn einspringen.

Und so geschah es. Katharina half oft im Laden aus, es machte ihr Spaß und sie hatte das Bedürfnis, sich für die vielen Stunden zu revanchieren, die Norbert für das Weingut geleistet hatte, sei es durch praktische Tätigkeit oder durch den Einsatz seiner betriebswirtschaftlichen Kenntnisse.

Einmal führten sie im Laden eine zweitägige Aktion für die Weine vom Weingut Bachner durch, die sie mit Flyern angekündigt hatten. Katharina stand im Mittelpunkt, erklärte den Kunden die Eigenschaften und Vorzüge der fränkischen Weine auch allgemein und beriet sie bei ihrer sonstigen Weinauswahl.

Kurz vor dem ersten Adventswochenende sagte Katharina, es sei Zeit, nach Iphofen zurückzukehren.

„Der 2011er ist jetzt fertig, und ich muss zurück, um für die verschiedenen Lagen und Sorten den richtigen Abfüllzeitpunkt zu erwischen."

„Ich würde gern mitkommen, doch gerade in der Adventszeit machen wir unser Hauptgeschäft, wie du weißt."

Sie sprachen mit Gundel und Andy, die sich bereit erklärten, den Laden kurz vor Weihnachten bis Silvester zu übernehmen. So wurde es möglich, dass sie sich zu Weihnachten in Iphofen treffen und Norbert zudem nach langer Zeit zu den Feiertagen wieder seine Familie in Ochsenfurt besuchen könne.

Als sie am Morgen vor Katharinas Abreise zusammen im Bett lagen, schaute Norbert nachdenklich zu ihr herüber.

„Du bist ja längere Zeit hier gewesen, doch ich werde dich vermissen, Katharina. Ist mir so noch nie passiert. Am liebsten würde ich mit nach Iphofen fahren, kann ich leider nicht."

„Mir geht es genauso. Ich vermisse dich auch. Warum es so ist, darüber möchte ich mir jetzt keine Gedanken machen. Vielleicht ist es ganz normal. "

„Vielleicht war deine Mutter mit ihrer Frage auf einem richtigen Weg." Katharina lachte. „Mach dir keine Sorgen, ich will so wenig eine feste Bindung wie du. Eines ist klar: ich liebe meine Heimat und bin gern in Kreuzberg. Und du liebst Kreuzberg und bist gern in meiner Heimat. Ich finde, das verzahnt sich und passt genau! Und das sollten wir weiter ausbauen, es ist letztlich eine Gemeinsamkeit, die wir genießen können, auch wenn es wie ein Gegensatz erscheint. Alles andere würde uns im Moment überfordern. Mal sehen, was kommt."

Als er sie am Hohenzollernplatz bei der U-Bahn absetzte, nahm er sie lange in den Arm. Als er sie losließ, blickten sie sich eine Weile in die Augen. Die U-Bahn machte ein quietschendes und zischendes Geräusch und hielt. Sie stieg ein.

Andy kam in der nächsten Zeit wegen seiner Theaterverpflichtungen selten vor Mitternacht nach Hause. Das führte dazu, dass Gundel vorübergehend in ihrer Einzimmerwohnung in Berlin Mitte wohnte, die sie immer noch gemietet hatte; sie war so für Andy derzeit besser erreichbar.

Norbert blieb also in der Wohnung am May-Ayim Ufer meistens allein, wenn er abends aus dem Geschäft zurückkam. Der Versuchung, in die Kneipe zu gehen, widerstand er aber meist, er hatte im Laden enorm viel zu tun und lange Nächte mit Alkohol waren zurzeit nicht ratsam. Jeden Abend telefonierte er mit Katharina, die ihm berichtete, der Müller-Thurgau sei fast abgefüllt und der Silvaner habe sich normal entwickelt.

Doch ab und zu ging er aus Langeweile für ein oder zwei Bier noch ins Schlesische Eck, aber er hütete sich, dessen Wirkung mit Wodka zu boostern. Manchmal traf er Till mit einer seiner Frauen oder Rocker-Dave. In der zweiten Dezemberwoche fiel ihm etwas auf.

Seit mehreren Wochen hatte er Milla nicht mehr in seiner Stammkneipe gesehen, ungewöhnlich, denn solange er zurückblicken konnte, war sie dort mindestens zweimal in der Woche anzutreffen. An einem Freitagabend, als er an der Theke bezahlte, fragte er Meinolf nach Milla. Es war erst zehn, die Kneipe begann, sich gerade zu füllen und Meinolf steckte mitten in der Arbeit, zapfte Bier und machte andere Getränke fertig. Er schaute nur kurz auf. Norbert spürte in seinem Blick etwas Gehetztes und zugleich ihn Bedrängendes.

„Ich kann dir mehr sagen, doch es passt im Moment nicht. Am besten, du kommst irgendwann kurz vor der Zeit zu uns, in der wir aufmachen."

Am nächsten Tag, viertel vor fünf, betrat Norbert das Schlesische Eck.

Meinolf sagte ihm: „Setz dich erst mal, ich bring dir gleich ein Bier und noch etwas anderes."

Norbert setzte sich an einen der noch leeren Tische und beobachtete, wie Meinolf, dessen Freundin und die beiden Mitarbeiterinnen den Schmutz der letzten Nacht beseitigten, Unzahlen von Zigarettenkippen, zerrissene Papierfetzen und ein paar unappetitliche Dinge. Meinolf brachte das Bier, setzte sich zu ihm und schob ihm einen Zeitungsausschnitt aus einer Boulevardzeitung zu.

„Lies das, bitte. Ich habe es von einem Gast, der Milla näher kannte." Norbert las.

NEUKÖLLN, *Löwensteinring. Am Morgen des 27. November fanden Nachbarn vor einem Hochhaus den leblosen Körper einer Frau. Die Ermittlungen der Polizei ergaben, dass es sich dabei um die dreißjährige Mathilde R. handelte, die im achten Stock des gleichen Hauses in einer Einzimmerwohnung wohnte. Offensichtlich hatte sie sich in Suizidabsicht von ihrem Balkon gestürzt. Es laufen noch Untersuchungen, doch ein Fremdverschulden schloss die Polizei vorerst aus.*

Beide blieben für eine Weile still. Dann sagte Meinolf: „Das war Milla. Weißt du, wo der Löwensteinring liegt?"

„Ich glaube, in der Gropiusstadt." Meinolf nickte. „Der Gast erzählte mir, dass sie in einer Pharmagroßhandlung im Büro arbeitete. Sie wohnte in ihrer Wohnung allein und hatte kaum Kontakt zu ihren Arbeitskollegen oder den Nachbarn. Vermutlich haben ihr die vielen Weihnachtsvorbereitungen mit dem Schmücken der Straßen und Plätze zugesetzt. Es war der erste Adventssonntag, an dem sie starb. Sie muss wohl sehr einsam gewesen sein."

Katharina Bachner ging mit Jakob, ihrem fünfjährigen Sohn, die Köpenicker Straße in Kreuzberg entlang in Richtung Westen. Sie hatte ihn wegen des hohen Autoverkehrs an die Hand genommen, zusätzlich schob sie eine leichte Sitzkarre vor sich her. Ihr Ziel war der Fabrikhof mit dem Atelier von Manfred Tillmann, den alle nur „Till" nannten.

Der Weg vom May-Ayim-Ufer bis dahin war zwar nicht weit, doch sie wollte vorbereitet sein, wenn Jakob nicht mehr weitergehen wollte, was manchmal geschah. Mittlerweile glaubte sie nicht mehr daran, dass es nur an der Anstrengung lag, die ihm das Gehen machte; er hatte eine etwas pummelige, doch kräftige Statur und wenn er stehen blieb und ihr sagte, Mama, ich kann nicht mehr, nahm sein blondes Gesicht statt eines angestrengten eher einen leicht verschmitzten Ausdruck an.

Wahrscheinlich hatte er einfach nur keine Lust mehr zum Gehen und wollte geschoben werden, dachte Katharina, höchste Zeit, dass du damit anfängst, ihn zu erziehen.

Inzwischen hatten sie den Hof erreicht.

Die Tür und die Dachfenster vom Atelier standen weit offen, denn es war drückend heiß. Als sie von draußen Geräusche hörte, lief Laura, Carolins und Tills Tochter, zur Tür heraus. Jakob löste sich von seiner Mutter und verschwand mit Laura in einem Schuppen, der auf dem Hof stand. Katharina ging ins Atelier.

Carolin stand vor einer Riesenleinwand und war damit beschäftigt, Acrylfarben aufzutragen, bekleidet mit einem Kittel, der ursprünglich wohl einmal weiß, jetzt aber mit Farbklecksen übersät war. Sie drehte ihren Kopf.

„Gut, dass du kommst. Es sollte jetzt langsam kühler werden. Sandy hat mit den Kindern etwas vor." In diesem Moment kam Sandy aus der Küche. Katharina schaute sie besorgt an. Sandy stutzte. „Ist was passiert?"

„Die Kinder spielen auf dem Hof. Die Spree!" Sandy war erleichtert.

„Mach dir keinen Stress. Vor zwei Jahren haben wir vor dem Ufer einen Zaun gezogen. Und Laura weiß genau, dass sie nicht zur Spree gehen darf, sie ist schließlich schon sieben und versteht das. Und auf deinen Jakob passt sie auf, das verspreche ich dir. Wo sind die Kinder überhaupt?"

„Im Schuppen."

„Dann würdest du normalerweise in den nächsten Stunden nichts mehr von ihnen hören oder sehen. Laura hat darin aus alten Möbeln eine Höhle gebaut und mit einem Teil ihres Spielzeuges und allem, was sie auf dem Hof gefunden hat, ausgestattet. Ich werde sie aber in einer halben Stunde holen. Wir wollen zur Markthalle 9 gehen, ich kaufe ein und die Kinder kriegen ein Eis."

„Ist das für die Kinder nicht zu weit?"

„Ach wo. Für Laura sowieso nicht und dein Dicker wird auch keinen Terz machen, schließlich ist seine Mama nicht dabei. Außerdem darf ich die Kinder im Moment sowieso nicht tragen oder schieben."

Katharina hörte Carolin vor ihrer Staffelei gnickern.

„Und warum?"

„Weil ich schwanger bin. Oder glaubst du, nur Carolin hat ein Recht darauf, von Till schwanger zu werden?" Bei den beiden Frauen löste sich etwas und mündete in einen Lachanfall, in den Katharina nach kurzem Zögern einstimmte. Schließlich beruhigten sie sich.

„Wo ist übrigens Till?", fragte Katharina.

„Bei einem Galeristen, dem er gerade ein paar Bilder verkauft. Er ist ganz happy, weil wieder Geld hereinkommt."

„Und was macht er damit?"

„Du meinst wohl, was wir damit machen? Damit mieten wir ein Wohnmobil und fahren zusammen für drei Wochen nach Italien. Wir haben ihn überzeugt, dass echte Künstler in Italien gewesen sein müssen. Er hat es eingesehen. Und damit haben wir auch erreicht, dass er das Geld nicht für Runden im Schlesischen Eck ausgibt und versäuft. Auch was Gutes. Aber erst einmal haben wir heute, das ist unsere kostbare Gegenwart. Dass ich mit den Kindern in die Markthalle gehe, weißt du ja schon. Wenn Till zurückkommt, werden wir noch eine Weile draußen sitzen, dann gibt's selbstgemachte Pizza mit Wein von Bachner und für die Kinder frische Limonade aus richtigen Zitronen. Wenn wir müde sind, heißt es für alle: ab in die Betten. Du kannst deinem Jakob Zeit lassen, bis um elf Uhr morgen kann er hierbleiben. Mach dir mit Norbert einen schönen Abend!"

Katharina verabschiedete sich und ging zurück in die Wohnung in der May-Ayim-Straße.

Auf dem Gehweg roch es staubig. Die Autos wirbelten den Straßenstaub hoch, der sich in der Hitze gebildet hatte. Als sie in der Nähe der Spree kam, wurde die Luft frischer.

In der Wohnung machte sie sich einen Kaffee und setzte sich auf den Balkon. Sie war allein in der Wohnung, denn Gundel und Andy waren vor einer Woche nach Iphofen gefahren. Andy hatte ein Engagement bei den Bad Hersfelder Festspielen. Sie quartierten sich auf dem Weingut ein und Gundel half etwas beim Sommerschnitt mit. Manchmal musste Andy über Nacht in Bad Hersfeld bleiben, doch meistens konnte er in Iphofen wohnen.

Die Mitarbeit von Gundel auf dem Weingut war freiwillig, denn eigentlich wurde sie nicht gebraucht. Für die Arbeit hatten die Bachners zusätzlich zu ihrer Mitarbeiterin Angelika den Syrer Marun und seine Frau Hannah, zwei weitere feste Arbeitskräfte, eingestellt. Katharinas Mutter Adelheid musste also nicht mehr im Weinberg arbeiten. Aber Gundel machte es Spaß, sie liebte es, in das frische Weinlaub zu greifen, mit dem Blick in die fränkische Mainlandschaft, die sie als faszinierend schön empfand.

Marun und Hannah waren Maroniten, syrische Christen, die vor sechs Jahren aus Syrien geflohen waren, weil man sie während des Bürgerkrieges verfolgte. Sie lebten zunächst in Berlin und hatten keine Probleme gehabt, als Asylanten anerkannt zu werden. Beide konnten mittlerweile perfekt Deutsch sprechen und im nächsten Jahr würden sie die deutsche Staatsangehörigkeit erhalten.

Es war Zufall gewesen, dass sie zum Weingut der Bachners kamen. Marun arbeitete in der Gastronomie als Aushilfe in ständig wechselnden Stellen und Hannah ging putzen. Norbert hatte den Syrer kennengelernt, als er eines der Berliner Restaurants aufsuchte, die von Feinkost-Renner Wein und andere Produkte bezogen. Als Marun ihm einmal sagte, dass er aus einer Familie komme, die Weinbau in Syrien betrieben habe, dachte er sofort an Katharinas Weingut.

„Hast du nicht Lust, wieder auf einem Weingut zu arbeiten, Marun? Ich könnte dir vielleicht eine feste Stelle vermitteln!" Marun schaute freudig überrascht.

„Sehr gerne, das ist doch das, was ich gelernt habe! Leider gibt es hier in der Gegend keinen Weinbau."

„Berlin meine ich auch nicht. Du müsstest mit deiner Frau umziehen, ein paar hundert Kilometer nach Süden, in einen kleinen Ort." „Gegen kleine Orte habe ich nichts. In Syrien habe ich auch auf dem Lande gewohnt. Unsere Weinberge gibt es nicht mehr, die sind im Bürgerkrieg zerstört worden. Aber in Deutschland könnte das bedeuten, dass wir in einen Ort kommen, in dem man Ausländer nicht mag." Norbert schmunzelte.

„In diesem Fall brauchst du dir darüber keine Gedanken zu machen. Ihr seid doch Christen, ich glaube sogar, Maroniten?"

„Das stimmt."

„Also, der Ort, den ich meine, liegt in Unterfranken. Die Menschen da sind fast alle katholisch. Und die Maroniten sind eine der wenigen Religionen, die sogar von der katholischen Kirche voll anerkannt werden."

„Lass mir ein paar Tage Bedenkzeit."

Wenige Tage später fuhr Norbert mit Marun und Hannah nach Iphofen. Die beiden schauten sich den Ort und die Weinberge an und waren begeistert. Norbert und Katharina schlossen mit Marun einen Vertrag für eine Volltagsstelle und mit Hannah für eine Halbtagsstelle. Eine Wohnung für die beiden zu finden, war kein Problem. Einen Monat später zogen sie von Berlin nach Iphofen um; in kurzer Zeit hatten sie sich eingewöhnt, sie gingen sogar manchmal zur Messe in St.Veit, was den Iphöfern Erstaunen und Respekt abnötigte.

Im Jahr darauf bekam Hannah eine Tochter, die sie „Lea" nannte. Es klappte alles nach Katharinas und Norberts Vorstellung; sie hatten ihre Entscheidung für die Syrer nie bereut.

Die Einstellung von ihnen war möglich geworden, weil nicht nur der Umsatz, sondern auch der Gewinn des Gutes in die Höhe geschnellt war, sogar mehr, als Norbert vermutet hatte. Um die neuen Kunden in Berlin zu versorgen, hatten sie seit einiger Zeit zusätzlich weiteren Most von anderen Winzern gekauft und neue Tanks aufgestellt. Die Fremdenzimmer im Nebengebäude waren alle fertig umgebaut und die Vermietung an Gäste lief an. Gundel und Andy reisten oft ein paar Tage nach Iphofen, wenn Andy nicht durch ein Engagement gebunden war; Gundel, die den Ort über alles liebte, befasste sich sogar mit dem Gedanken, eine Ferienwohnung zu kaufen. Katharina riet ab.

„Wir brauchen sogar zur Lese nicht jedes einzelne Ferienzimmer, weil wir nicht mehr allein auf die ungarischen Aushilfen angewiesen sind. Bei uns habt ihr doch alles, was ihr braucht!"

Von alledem profitierte auch die Feinkost-Renner GbR, einmal durch die Beteiligung an dem Weingut, auf der anderen Seite durch den Direktverkauf an Kunden und Restaurants. Das hatte zur Folge, dass Norbert das Weinsortiment des Ladens vergrößerte und dafür das Sortiment der anderen Artikel reduzierte. Hinzu kamen Produkte, die zum Wein passten. Die Umstellung brachte ihm einen lobenden Artikel in einem Feinschmeckermagazin und in Fachzeitungen. In der Folge konnte er zwei neue Mitarbeiter für den Laden einstellen. So hatten auch er und Andy mehr Zeit für ihr Privatleben.

Alles zusammen führte dazu, dass sich Katharina und er über fast das ganze Jahr treffen konnten: entweder fuhr er nach Iphofen oder sie nach Kreuzberg.

Katharinas Kinderwunsch war ganz allmählich gekommen. Wahrscheinlich in erster Linie, weil sie auf die Dreißig zuging, mutmaßte Norbert. Vielleicht ging es ihr aber ebenso wie den meisten Frauen: irgendwann wollen sie alle die Organe ausprobieren, die sich hinter ihren äußeren Organen verstecken. Er hatte zwar nicht vor, sie davon abzuhalten, äußerte aber Bedenken.

„Wir haben kein Zuhause, sondern wir leben zwischen Iphofen und Berlin hin und her. Wie soll das mit einem Kind gehen?"

Sie lagen damals gerade in Iphofen im Bett. Katharina rückte zu ihm und legte ihren Arm um ihn.

„Wir sind unser Zuhause, Norbert. Überallhin können wir unser Kind mitnehmen. Fast immer wird es bei seinen Eltern sein."

„Und wenn es in die Schule geht?"

„Das wird in Iphofen stattfinden. Ich nehme an, du wirst mir recht geben, wenn ich feststelle, dass es in einer Iphöfer Grundschule besser aufgehoben ist als in Berlin. In den Ferien kommt es mit uns nach Kreuzberg. In welche Schule es später geht, darüber soll es mitentscheiden."

Und so kam es, dass Katharina im April 2013 ihren gemeinsamen Sohn Jakob zur Welt brachte, zur Freude ihrer Mutter Adelheid, deren erstes Enkelkind er war.

Katharina hörte, wie sich ein Schlüssel im Schloss der Wohnungstür drehte. Die Tür wurde geöffnet, Schritte kamen näher und Norbert trat auf den Balkon. Sie stand auf, lächelte ihn an und sie umarmten sich.

„Wie war es im Laden?"

„Sommerloch. Hat alles mit dem Kleinen geklappt?"

„Der vermisst uns nicht. Er tobt mit Laura herum und Sandy hat ihn unter ihren Fittichen. Große Überraschung, Sandy ist schwanger." Norbert stutzte, reagierte dennoch ungerührt.

„Die Menschen müssen sich vermehren, sonst stirbt die Menschheit aus. Für dich habe ich auch eine Überraschung. Es ist schönes Wetter, also sollten wir ein bisschen laufen. Ich habe gedacht, in der Mittagshitze legen wir uns noch ein bisschen hin und dann machen wir einen Spaziergang am Landwehrkanal, da, wo Kreuzberg grün ist. Die Überraschung kommt danach."

Statt einer Antwort fasste ihn Katharina ihn an die Hand und ging mit ihm ins Schlafzimmer. Vorher warfen sie noch einen Blick ins Kinderzimmer, das ehemalige Fremdenzimmer. Das Bettchen war gemacht, die Regale mit der Wäsche und den Spielsachen aufgeräumt. In der Ecke standen ein Plastiktrecker und ein Bobby Car. Norbert bemerkte entspannte Freude in Katharinas Gesicht.

„Was denkst du gerade, Katharina?" „Ich bin glücklich."

Sie lagen lange im Bett. Als sie erwachten, war es bereits fünf.

Katharina und Norbert stiegen am Halleschen Ufer aus der U-Bahn und kreuzten über die Brücke den Landwehrkanal, der dunkel unter ihnen lag und ihnen in der Sommerhitze Frische zufächelte, als habe er die Sonnenstrahlen verschluckt. Am Blücherplatz erreichten sie eine weite Grünfläche, ein wenig parkartig aussehend, mit Rasen und ein paar Bäumen bestückt. Norbert sagte:

„Hier gab es schon immer eine Lücke in der dichten Bebauung Kreuzbergs. Zu hoffen ist, dass sie so bleibt, denn Häuserzeilen haben wir in Kreuzberg genug, grüne Freiflächen viel zu wenig."

Sie strebten der aus roten Ziegeln erbauten Herz-Jesu-Kirche zu, die sich mächtig über ihre Umgebung erhob. Vorher mussten sie die verkehrsreiche Zossener Straße überqueren. Und schließlich bogen sie wieder zum Landwehrkanal ab, den eine anliegende Grünzone säumte, wie eine schmale Berliner Ausflugslandschaft. Hier lag das Restaurant „Brachvogel" mit seinem großen Biergarten, ausgestattet mit einfachen Tischen und hölzernen Klappstühlen. Als sie ihn passierten, hielt Katharina Norbert plötzlich an, indem sie ihn an den Arm fasste.

„Schau mal, wer da sitzt!"

An einem der Tische saß der Lehrer Dietmar Krüger, den Norbert vom Bergmannkiez her kannte, neben ihm seine sündige Schülerliebe Melanie und gegenüber ein etwa zwölfjähriges Mädchen und ein Mann. Der Mann musste ungefähr Mitte vierzig sein, war schlank und hatte schon stark angegraute Haare, sein Blick wirkte selbstbewusst, als er zu ihnen herüberschaute. Dietmar schien sich kaum verändert zu haben und hatte wie immer seine Cordjacke an, Melanie war etwas fülliger geworden. Vor ihnen standen Kaffeetassen und halb aufgegessene Kuchenteller, vor dem Mädchen ein Eisbecher, dessen Eis im Schmelzen begriffen war.

„Kommt her und setzt euch zu uns", rief Melanie, „wir stellen zwei Stühle dazu!" Sie betraten den Biergarten. Melanie stellte ihnen den Mann und das Mädchen vor.

„Das ist Inka, meine Tochter und neben ihr sitzt Dirk, mein Mann. Dietmar kennt ihr ja. Er ist übrigens verzogen." Dietmar lächelte.

„Ich wohne nicht mehr im Bergmannkiez, sondern hier in der Nähe." Melanie ergänzte.

„Wir wohnen in der Tempelherrenstraße. Als unter uns eine Zweizimmerwohnung frei wurde, haben wir sofort an Dietmar gedacht. Er ist vor drei Jahren siebzig geworden und es könnte passieren, dass sich in den nächsten Jahren jemand um ihn kümmern muss, und das geht nicht im Bergmannkiez. Erst wollte er nicht."

„Er hat es aber dann eingesehen, dass es besser für ihn ist. Für Inka ist er wie ein Opa. Sie hat in die Hände geklatscht, als sie es erfuhr", sagte Dirk. Das Mädchen lächelte, nickte und machte sich über das Eis her.

„Die Gegend hier ist eine gemischte Wohngegend und hat natürlich nicht so viel Flair wie der Bergmannkiez. Sie hat aber auch Vorteile, liegt verkehrsgünstig und man kommt schnell ins Grüne, wie ihr seht", fuhr Dietmar fort.

„Und nun zu euch. Ich schätze, ihr seid noch immer zusammen. Habt ihr geheiratet?"

„Nein, wollten wir nicht. Aber ein Kind haben wir schon, einen Jungen. Er wird nächstes Jahr sechs", antwortete Norbert.

Sie unterhielten sich eine Weile, bis Norbert auf die Uhr schaute und feststellte, dass es Zeit wurde, zu gehen. „Zeit wofür?", fragte Katharina.

„Wirst du schon sehen." Sie verabschiedeten sich und gingen weiter. Nach kurzer Zeit schimmerten die weißen Flächen eines Fachwerkbaues zwischen den Bäumen.

„Das ist doch das „Alte Zollhaus", vermutete Katharina.

„Genau. Hier waren wir mal vor neun Jahren und du trugst deine Haare als Dreadlocks. Ich hatte deswegen lange überlegt, ob ich dich hierhin mitnehmen könne. Ich machte es aber dann doch, denn es war sozusagen dein Arbeitslohn, weil du uns bei einem Catering geholfen hattest." Sie traten ein.

Als er seinen Namen sagte, wurde er begrüßt und mit Katharina zu einem reservierten Tisch geleitet. Er war für zwei Personen gedeckt, mit weißer Tischdecke, vor Sauberkeit glänzenden Tellern und Gläsern und silbrigem Besteck. Sie setzten sich. Eine freundlich lächelnde Serviererin, angetan mit einer langen schwarzen Schürze über einem knappen schwarzen Kleid, stellte zwei aufgeklappte Weinkarten auf den Tisch.

„Eine Speisekarte hätte ich auch ganz gern", bemerkte Katharina. Norbert schüttelte den Kopf, als die Serviererin ihn fragend ansah.

„Brauchst du nicht. Ich habe das Gleiche bestellt wie vor neun Jahren: Martini als Aperitif, Garnelen als Vorspeise, Entenbrust und zum Dessert Himbeeren. Du sollst nur den Wein aussuchen."

„Dann eben den Rioja, den haben wir damals auch getrunken, ich kann mich erinnern."

Norbert schmunzelte. „Schau dir erst mal genau die Weinkarte an." Sie blätterte durch. Plötzlich hob sie erstaunt die Augenbrauen.

„Hier steht: Iphöfer Kronsberg Spätburgunder Kabinett, Jahrgang 2009, Weingut Bachner. Gibt es doch gar nicht. Und der soll 80 Euro kosten?"

„Gibt es schon, und er ist auch sein Geld wert. Wir werden ihn bestellen. Als wir vor neun Jahren hier gesessen haben, wurde er gerade gemacht. Er hat noch die alten Etiketten."

„Ich wusste gar nicht, dass du ihn hier in Berlin verkauft hast!" Norbert streckte seine Hand aus und streichelte Katharinas Fingerspitzen.

„Das kannst du auch nicht. Ich habe fast alle unsere Bestellungen mit deiner Mutter abgewickelt. Der 2009er war ein Restposten, das „Alte Zollhaus" kenne ich als Kunden. Ich darf es hier nicht laut sagen, aber heute zahlen wir für den Wein das Doppelte von dem Preis, zu dem wir ihn verkauft haben. Dem Wirt sei es gegönnt, schließlich haben wir selbst ein gutes Geschäft gemacht."

Nach Aperitif und Vorspeise kam der Wein. Norbert nahm einen Schluck.

„Vorzüglich. Der Wein steigt in die Nase hoch, drängt sich aber nicht auf, sondern schmeckt traubig und natürlich, ohne jede Holz- oder Rauchnote." Katharina lächelte.

„Das liegt an den Fässern. Es sind keine Barriques, sondern Burgunderfässer. Mein Vater hat sie im Burgund gekauft. Die großen Weingüter stoßen von Zeit zu Zeit ihre alten Fässer ab. Er hat sie in Deutschland aufarbeiten lassen, und als der Küfer sie geflämmt hat, was zur Aufarbeitung gehört, soll er sozusagen danebengestanden haben, wie mir meine Mutter berichtet hat. Der Vorgang darf nicht zu kurz sein oder zu lange dauern." „Und wie lange halten sie jetzt?"

Katharina legte ihren Kopf schräg und schaute nach oben. „Ewig."

Als sie dabei waren, den Hauptgang des Menüs zu genießen, näherte sich ein älterer Herr, schwarzgekleidet und mit einer Schürze umgürtet, die das Logo des Restaurants trug. Er begrüßte Norbert, den er offensichtlich kannte.

„Ich sehe, Sie trinken hier Ihren eigenen Wein, Herr Renner. Ich werde natürlich veranlassen, dass wir ihn nicht auf die Rechnung setzen."

„Kommt gar nicht in Frage. Guter Wein muss seinen Preis haben. Alles andere würde ins Chaos führen."

Der Wirt lachte.

„Dann erlauben Sie uns wenigstens, dass wir Ihnen vor dem Dessert noch eine Überraschung des Hauses servieren?"

„Gern."

Nach dem Hauptgang kam eine Käseplatte von französischen Weichkäsen, überstreut mit Trüffelspänen. Dazu eine halbe Flasche eines Bordeaux, der beiden Respekt abnötigte, als sie das Etikett betrachteten.

Sie verließen das Restaurant, als es schon dunkelte.

Ihr weiterer Weg führte sie entlang des Landwehrkanals. Ein Stück hinter dem Urban-Krankenhaus bogen sie in die Böckhstraße ab. Den Griechen an der Kreuzung zur Graefestraße gab es nicht mehr, stellten sie fest. In der Graefestraße gingen die Lichter in den Lokalen und Restaurants gerade an; viele Menschen liefen umher, wie im gesamten Graefekiez, den sie durchquerten. Im Gegensatz dazu war es am tagsüber lauten und vielbefahrenen Kottbusser Damm jetzt eher ruhig. Hier stiegen sie in die U-Bahn, die sie am Schlesischen Tor wieder verließen.

Der Burgerladen hatte viel zu tun, wie fast immer. Vor dem Tresen stand eine Schlange von Menschen. Aus dem Schlesischen Eck gegenüber drangen laute Stimmen.

„Die Versuchung lassen wir jetzt rechts liegen", sagte Norbert zu Katharina.

Als sie in der Wohnung waren, duschten sie, zogen sich um und setzten sich auf den Balkon. Mittlerweile war es dunkel geworden, auf dem Wasser der Spree glitzerten die Reflexe der Straßenbeleuchtung. Der Fluss zeigte eine glatte Oberfläche, musste er doch nicht mehr die Ausflugsschiffe auf seinem Rücken tragen. Doch er strömte schnell an ihnen vorbei. Nach seiner Zersplitterung im Spreewald und dem Lauf durch Berliner Vorstädte und Industriebauten schien er es eilig zu haben, sein Wasser in die nahe Havel zu ergießen, die es später in die Elbe senden würde, damit es in der Nordsee verteilt werde.

Die Arena am anderen Ufer wirkte wie eine erleuchtete Festung. Hier hatte es offensichtlich ein Musikevent gegeben, es öffneten sich plötzlich die Türen und Menschenmengen sprudelten heraus, liefen an der East Gallery entlang, um sich an der Oberbaumbrücke zu verteilen. Viele gingen über die Brücke, um die Restaurant- und Kneipenszene am Schlesischen Tor zu erreichen. Ihre Stimmen schallten zu ihnen herüber.

„Kreuzberg ist wohl immer laut", bemerkte Norbert nachdenklich.

„Macht doch nichts", antwortete Katharina. „Wenn wir es ruhiger haben wollen, fahren wir nach Iphofen." Bislang hatten sie beide nach vorn geschaut, jetzt drehten sie sich einander zu. Ihre Blicke trafen sich.

„Es ist alles gut so, wie es ist", sagte Katharina.

WEITERE TITEL VON ALBRECHT GÖSTEMEYER:

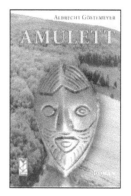

AMULETT. Eine Landschaft in der Nähe des Harzes zur Zeitenwende. Hier leben Cherusker. Alrun, eine Häuptlingstochter, geht eine dramatische Beziehung zu einem Römer ein. Zu ihrem Schutz gibt ihr die Seherin des Stammes ein silbernes Amulett. Das Amulett wandert durch die Zeiten. Es wird vererbt, geht verloren und wird wiedergefunden. Legenden und historische Ereignisse säumen seinen Weg.
BoD ISBN 978-3-758-32953-1

BÄRENHAUS. Berlin, um 1968. Der Abiturient Bernhard Lindtmeyer ist von Westdeutschland nach Berlin gezogen, um zu studieren. Westberlin ist eine Insel inmitten der DDR. Er fühlt sich auf Anhieb wohl und seine Beziehung zu der Chemiestudentin Anette lässt beide in einer romantischen Gefühlswelt versinken. Doch Berlin gärt, eine neue Kultur entsteht. Bernhard muss sich die Frage stellen, ob er jemals in seine Heimatstadt zurückkehren will?
Imprint ISBN 978-3-936536-79-9

STEINREISEN. Die Freunde Hartmut und Stefan wachsen in einer Provinzstadt auf. Nach ihrer Berufsausbildung versuchen sie, in ihrer Heimatstadt Fuß zu fassen. Doch sie scheitern. Stefan wird Oberarzt in Berlin und Hartmut arbeitet in Köln in einer Immobilienfirma. Plötzlich verschwindet er. Seine von ihm schwangere Freundin Elke wendet sich verzweifelt an Stefan. Zwischen ihnen entwickelt sich eine Liebesbeziehung. Nach langer Zeit finden sie Hartmut wieder. Der Schlüssel ist ein Stein, den er in seinem Elternhaus aufbewahrte.

BoD ISBN 978-3-743-13652-6

SAXOPHON. Der Student Marcus spielt seit seiner Kindheit Saxophon. In Paris lernt er die Sängerin Anna kennen, mit der er zusammen mit anderen Musikern durch Südfrankreich tourt. Beide entwickeln eine Spielweise, in der das Saxophonspiel von Marcus und Annas Gesang miteinander verschmelzen. Gleichzeitig gehen sie eine Liebesbeziehung ein. Als sie feststellen, dass sie vermutlich nah miteinander verwandt sind, machen sie sich auf die Suche nach ihren Wurzeln. Ihre Reise in die Vergangenheit führt sie in das turbulente Westberlin um 1968 – in eine Zeit voller Aufregungen und Gefühle wie die wirbelnden Klänge des Saxophons.

BoD ISBN 783 744 890 755

RIEDHAUS. In der Leineniederung bei Neustadt steht in einer einsamen Gegend ein einfaches Haus. Es wurde zwischen den Weltkriegen erbaut und ist Begegnungsstätte für mehrere Großfamilien. Im Mittelpunkt der Gemeinschaft stehen die Freundinnen Friederike und Stefanie, die eine jüdische Großmutter hat. Mit ihrem Freund Christoph besucht Stefanie einen Bekannten aus der Gemeinschaft in Namibia. Hier passiert etwas, das ihr Leben einschneidend verändert.

BoD ISBN 978-3-750-4808-10

DER ALLTAG IST MAKABER. Ein Chirurg plant einen Eingriff, ein Pfarrer eine Beerdigung. Eine Politikerin feiert ihren Geburtstag. Das sind alltägliche Dinge, die hier in einer plötzlichen und ungeahnten Weise zu skurrilen Situationen führen, denn die Menschen in diesen zehn, meist satirischen Geschichten verhalten sich unterschiedlich, je nach Temperament und Charakter. Ihre Reaktionen reichen von stoischer Ruhe, hektischer Betriebsamkeit bis hin zu jähem Entsetzen.

BoD ISBN 978 3757 823 2931

SCHOKOKUCHEN UND MILCHREIS.
Hildesheim in der Nachkriegszeit. In
der vom Krieg weitgehend verschonten
Oststadt leben viele Menschen. Marlene,
dunkelhäutige Tochter eines Besat-
zungssoldaten geht eine Liebesbeziehung zu ihrem Jugendfreund Rainer
ein. Doch dieser heiratet die Bauern-
tochter Angela, die von ihm schwanger
ist. Marlene zieht in die USA. Als sie
zurückkommt, wird es dramatisch… Der Text spiegelt
Geschehnisse und Namen in der Hildesheimer Nachkriegszeit weitgehend genau wieder.
BoD ISBN 978-3-753-45987-5

DAS FENSTER ZUR UNENDLICHKEIT.
Der Berliner Zinnfigurenhändler Paul
trifft eine geheimnisvolle Frau und geht
eine heftige Beziehung mit ihr ein. Sie
führt ihn in eine geheimnisvolle Welt
zwischen Raum und Zeit ein. Nachdem
sie plötzlich stirbt, entwickeln sich
dramatische Ereignisse. Der Roman
nutzt Elemente aus Fantasy, Religion
und Philosophie.
BoD ISBN 978-3-754-36104-7

GEMISCHTE SÄTZE. Ein gemischter Satz ist ein Wein, der von unterschiedlichen Rebsorten stammt. Auch die Geschichten in diesem Buch sind breit gefächert: literarische Reiseberichte, satirische Kurzgeschichten und Erzählungen mit viel Poesie wechseln einander ab und verschaffen abwechslungsreichen Lesegenuss.

BoD ISBN 978-3-756-29471-8